高 等 院 校 应 用 型 设 计 教 育 规 划 教 材
PLANNED TEXTBOOKS ON APPLIED DESIGN EDUCATION FOR STUDENTS OF UNIVERSITIES & COLLEGES

ADVERTISEMENT

广 告 设 计

ADVERTISING DESIGN

何佳 钱安明 殷石 孙鹏 编著

合 肥 工 业 大 学 出 版 社
HEFEI UNIVERSITY OF TECHNOLOGY PRESS

图书在版编目（CIP）数据

广告设计/何佳等编著.—合肥：合肥工业大学出版社，2009.12

ISBN 978-7-5650-0122-2

Ⅰ.广… Ⅱ.何… Ⅲ.广告—设计 Ⅳ.J524.3

中国版本图书馆CIP数据核字（2009）第201453号

广 告 设 计

编　　著	何 佳 钱安明 殷 石 孙 鹏
责任编辑	方立松 王方志
封面设计	刘葶葶
内文设计	陶霏霏
技术编辑	程玉平
书　　名	高等院校应用型设计教育规划教材——广告设计
出　　版	合肥工业大学出版社
地　　址	合肥市屯溪路193号
邮　　编	230009
网　　址	www.hfutpress.com.cn
发　　行	全国新华书店
印　　刷	安徽联众印刷有限公司
开　　本	889mm×1092mm　1/16
印　　张	5.5
字　　数	190千字
版　　次	2009年12月第1版
印　　次	2009年12月第1次印刷
标准书号	ISBN 978-7-5650-0122-2
定　　价	39.00元（含教学光盘1张）
发行部电话	0551-2903188

参编院校

排名不分先后

江南大学	南京艺术学院
苏州大学	南京师范大学
南京财经大学	南京林业大学
南京交通职业技术学院	徐州师范大学
常州工学院	常州纺织服装职业技术学院
太湖学院	盐城工学院
三江学院	江苏信息职业技术学院
无锡南洋职业技术学院	苏州科技学院
苏州工艺美术职业技术学院	苏州经贸职业技术学院
东华大学	上海科学技术职业学院
上海交通大学	上海金融学院
上海电机学院	武汉理工大学
华中科技大学	湖北美术学院
湖北大学	武汉工程大学
武汉工学院	江汉大学
湖北经济学院	重庆大学
四川师范大学	华南师范大学
青岛大学	青岛科技大学
青岛理工大学	山东商业职业学院
山东青年干部职业技术学院	山东工业职业技术学院
青岛酒店管理职业技术学院	湖南工业大学
湖南师范大学	湖南城市学院
吉首大学	湖南邵阳职业技术学院
河南大学	郑州轻工学院
河南工业大学	河南科技学院
河南财经学院	南阳学院
洛阳理工学院	安阳师范学院
西安工业大学	陕西科技大学
咸阳师范学院	宝鸡文理学院

参 编 院 校

排名不分先后

渭南师范大学	北京服装学院
首都师范大学	北京联合大学
北京师范大学	中国计量学院
浙江工业大学	浙江财经学院
浙江万里学院	浙江纺织服装职业技术学院
丽水职业技术学院	江西财经大学
江西农业大学	南昌工程学院
南昌航空航天大学	南昌理工学院
肇庆学院	肇庆工商职业学院
肇庆科技职业技术学院	江西现代职业技术学院
江西工业职业技术学院	江西服装职业技术学院
景德镇高等专科学校	江西民政学院
南昌师范高等专科学校	江西电力职业技术学院
广州城市建设学院	番禺职业技术学院
罗定职业技术学院	广州市政高专
合肥工业大学	安徽工程科技学院
安徽大学	安徽师范大学
安徽建筑工业学院	安徽农业大学
安徽工商职业学院	淮北煤炭师范学院
淮南师范学院	巢湖学院
皖江学院	新华学院
池州学院	合肥师范学院
铜陵学院	皖西学院
蚌埠学院	安徽艺术职业技术学院
安徽商贸职业技术学院	安徽工贸职业技术学院
滁州职业技术学院	淮北职业技术学院
桂林电子科技大学	华侨大学
云南艺术学院	河北科技师范学院
韩国东西大学	

总序

目前艺术设计类教材的出版十分兴盛，任何一门课程如《平面构成》、《招贴设计》、《装饰色彩》等，都可以找到十个、二十个以上的版本。然而，常见的情形是许多教材虽然体例结构、目录秩序有所差异，但在内容上并无不同，只是排列组合略有区别，图例更是单调雷同。从写作文本的角度考察，大都分章分节平铺直叙，结构不外乎该门类知识的历史、分类、特征、要素，再加上名作分析、材料与技法表现等等，最后象征性地附上思考题，再配上插图。编得经典而独特，且真正可供操作、可应用于教学实施的却少之又少。于是，所谓教材实际上只是一种讲义，学习者的学习方式只能是一般性地阅读，从根本上缺乏真实能力与设计实务的训练方法。这表明教材建设需要从根本上加以改变。

从课程实践的角度出发，一本教材的着重点应落实在一个"教"字上，注重"教"与"讲"之间的差别，让教师可教，学生可学，尤其是可以自学。它必须成为一个可供操作的文本、能够实施的纲要，它还必须具有教学参考用书的性质。

实际上不少称得上经典的教材其篇幅都不长，如康定斯基的《点线面》、伊顿的《造型与形式》、托马斯·史密特的《建筑形式的逻辑概念》等，并非长篇大论，在删除了几乎所有的关于"概念"、"分类"、"特征"的絮语之后，所剩下的就只是个人的深刻体验、个人的课题设计，于是它们就体现出真正意义上的精华所在。而不少名家名师并没有编写过什么教材，他们只是以自己的经验作为传授的内容，以自己的风格来建构规律。

大多数国外院校的课程并无这种中国式的教材，教师上课可以开出一大堆参考书，却不编印讲义。然而他们的特点是"淡化教材，突出课题"，教师的看家本领是每上一门课都设计出一系列具有原创性的课题。围绕解题的办法，进行启发式的点拨，分析名家名作的构成，一次次地否定或肯定学生的草图，无休止地讨论各种想法。外教设计的课题充满意趣以及形式生成的可能性，一经公布即能激活学生去进行尝试与探究的欲望，如同一种引起活跃思维的兴奋剂。

因此，备课不只是收集资料去编写讲义，重中之重是对课程进行设计有意义的课题，是对作业进行编排。于是，较为理想的教材结构，可以以系列课题为主，其线索以作业编排为秩序。如包豪斯第一任基础课程的主持人伊顿在教材《设计与形态》中，避开了对一般知识的系统叙述，而是着重对他的课题与教学方法进行了阐释，如"明暗关系"、"色彩理论"、"材质和肌理的研究"、"形态的理论认识和实践"、"节奏"等。

每一个课题都具有丰富的文件，具有理论叙述与知识点介绍、资源与内容、主题与关键词、图示与案例分析、解题的方法与程序、媒介与技法表现等。课题与课题之间除了由浅入深、从简单到复杂的循序渐进，更应该将语法的演绎、手法的戏剧性、资源的趣味性及效果的多样性与超越预见性等方面作为侧重点。于是，一本教材就是一个题库。教师上课可以从中各取所需，进行多种取向的编排，进行不同类型的组合。学生除了完成规定的作业外，还可以阅读其他课题及解题方法，以补充个人的体验，完善知识结构。

从某种意义上讲，以系列课题作为教材的体例，使教材摆脱了单纯讲义的性质，从而具备了类似教程的色彩，具有可供实施的可操作性。这种体例着重于课程的实践性，课题中包括了"教学方法"的含义。它所体现的价值，就在于着重解决如何将知识转换为技能的质的变化，使教材的功能从"阅读"发展为一种"动作"，进而进行一种真正意义上的素质训练。

从这一角度而言，理想的写作方式，可以是几条线索同时发展，齐头并进，如术语解释呈现为点状样式，也可以编写出专门的词汇表；如名作解读似贯穿始终的线条状；如对名人名论的分析，对方法的论叙，对原理法则的叙述，就如同面的表达方式。这样学习者在阅读教材时，就如同看蒙太奇镜头一般，可以连续不断，可以跳跃，更可以自己剪辑组合，根据个人的问题或需要产生多种使用方式。

艺术设计教材的编写方法，可以从与其学科性质接近的建筑学教材中得到借鉴，许多教材为我们提供了示范文本与直接启迪。如顾大庆的教材《设计与视知觉》，对有关视觉思维与形式教育问题进行了探讨，在一种缜密的思辨和引证中，提供了一个具有可操作性的教学手册。如贾倍思在教材《型与现代主义》中以"形的构造"为基点，教学程序和由此产生创造性思维的关系是教材的重点，线索由互相关联的三部分同时组成，即理论、练习与构成原理。如瑞士苏黎世高等理工大学建筑学专业的教材，如同一本教学日志对作业的安排精确到了小时的层次。在具体叙述中，它以现代主义建筑的特征发展作为参照系，对革命性的空间构成作出了详尽的解读，其贡献在于对建筑设计过程的规律性研究及对形体作为设计手段的探索。又如陈志华教授写作于20世纪70年代末的那本著名的《外国建筑史19世纪以前》，已成为这一领域不可逾越的经典之作，我们很难想象在那个资料缺乏而又思想禁锢的时期，居然将一部外国建筑史写得如此炉火纯青，30年来外国建筑史资料大批出现，赴国外留学专攻的学者也不计其数，但人们似乎已无勇气再去试图接近它或进行重写。

我们可以认为，一部教材的编撰，基本上应具备诸如逻辑性、全面性、前瞻性、实验性等几个方面的要求。

逻辑性要求，包括内容的选择与编排具有叙述的合理性，条理清晰，秩序周密，大小概念之间的链接层次分明。虽然一些基本知识可以有多种不同的编排方法，然而不管哪种方法都应结构严谨、自成一体，都应生成一个独特的系统。最终使学习者能够建立起一种知识的网络关系，形成一种线性关系。

全面性要求，包括教材在进行相关理论阐释与知识介绍时，应体现全面性原则。固然教材可以有教师的个人观点，但就内容而言应将各种见解与解读方式，包括自己不同意的观点，包括当时正确而后来被历史证明是错误或过时的理论，都进行尽可能真实的罗列，并同时应考虑到种种理论形成的文化背景与时代语境。

前瞻性要求，包括教材的内容、论析案例、课题作业等都应具有一定的超前性，传授知识领域的前沿发展，而不是过多表述过时与滞后的经验。学生通过阅读与练习，可以使知识产生迁延性，掌握学习的方法，获得可持续发展的动力。同时一部教材发行后往往要使用若干年，虽然可以修订，但基本结构与内容已基本形成。因此，应预见到在若干年以内保持一定的先进性。

实验性要求，包括教材应具有某种不规定性，既成的经验、原理、规则应是一个开放的系统，是一个发展的过程，很多课题并没有确定的唯一解，应给学习者提供多种可能性实验的路径、多元化结果的可能性。问题、知识、方法可以显示出趣味性、戏剧性，能够激发学习者的探求欲望。它留给学习者思考的线索、探索的空间、尝试的可能及方法。

由合肥工业大学出版社出版的《高等院校应用型设计教育规划教材》，即是在当下对教材编写、出版、发行与应用情况，进行反思与总结而迈出的有力一步，它试图真正使教材成为教学之本，成为课程的本体的主导部分，从而在教材编写的新的起点上去推动艺术教育事业的发展。

邬烈炎

南京艺术学院设计学院院长　教授

目录

非创意，不广告

广告发展至今已融合了传播学、营销学、经济学和心理学等多学科的观点和知识体系，尽管我们每天都与广告共同生活，然而对广告的理论与实践要做到全面、透彻的阐释却非易事。作为广告专业的老师在从教数年之后都深感与实践脱节太久，几乎不敢上台讲广告的新理论和行业的发展，更不敢臆测广告的未来趋势了……

广告活动是一个高智慧劳动过程，是一种激发脑力的创造性思维活动。广告专业人员从积累生活经验、分析资料到运用语言、画面的表现，都依赖其自身的基本素质。广告是一项极富挑战性的工作，它不但需要你具有敏捷的思维、敏锐的观察力、丰富的阅历，还需要有高超的艺术表现力。

广告是一项系统工程，它需要多种人才的协作与努力才能完成。因此，广告活动的整个环节都是环环相扣、缺一不可的。尤其是广告创意，绝不是单枪匹马就能做好的，它离不开市场调研和广告策划这些前期工作。否则，它只能是高高筑起的乌托邦[Utopia]，即使创意再精妙，也不过是"叫好不叫卖"，不能为广告主解决实际的市场问题。作为大学院校开设的广告课程，不能只片面追求创意及视觉效果而忽略了广告的整体策略。因此，在本书的写作中，强调学习者要在广告活动整体战略的制定下去理解广告创意环节的工作与目标。部分无法通过印刷呈现的内容如广播广告、影视广告原创案例在本书配套光盘里提供。

在今天这个快速变化的世界里，广告界创新的理论与实践更是层出不穷，本书采用了最新的专业资料、统计数据和最新的、切合课程内容的鲜活案例。但实际上有许多经典理论是不会过时的，而事先不了解最基础的广告理论也是不可能对新、旧概念做出判断的。对于"新媒体"广告的分析也应该建立在"传统"的基础上进行……

笔者对广告的认识能够逐渐得到深化也得益于学习和实际工作中的多位老师的指点，在此我们向华人设计大师靳埭强先生、曹方教授（南京艺术学院）、陈新生教授、何玉杰主任（合肥工业大学）、刘明来主任（安徽农业大学）、王中义教授（安徽大学）致敬。同时感谢导师们的鞭策。

何佳（南京艺术学院硕士，苏州大学博士生，南京林业大学讲师）

钱安明（合肥工业大学硕士，东华大学硕士生，苏州大学博士生，安徽农业大学讲师）

殷石（武汉理工大学硕士，安徽农业大学讲师）

孙鹏（长江艺术与设计学院硕士，德国安哈尔特大学进修生，华南师范大学讲师）

涂鸦雕塑是艺术也是城市形象广告 殷方娟 摄于德国柏林街头

第一章　认识广告

▶ 学习目标：
　　掌握广告的概念、历史分期、分类与功能，并对相关学科知识有所了解。
　　1. 广告基本概念的理解。
　　2. 要求学生熟悉广告历史的分期以及不同分类。

▶ 学习重点：
　　广告设计的主要内容。

▶ 学习难点：
　　广告的分类与功能分析。

广告[advertising]是什么？

　　这个问题应该不是问题。无论是中国的13亿多公民，还是全世界的60多亿"地球村"民，不知道广告的人肯定是少数。然而从学理上去推敲这却是令学者和学生疑惑的专业——广告究竟是新闻传播的分支学科还是艺术设计学科中的专业方向？

　　广告是经济和文化的融合产物（Advertisement is combination of economy and culture）。而作为视觉传达设计的广告设计而言，是利用视觉符号传达广告信息的设计。

　　从实务上看也让花钱做广告的人和看广告的人困惑不已——广告究竟是商业还是艺术？

　　广告人是谁？为什么这么多人都自称是广告从业者？广告人究竟是干什么的？

　　简单解答上述问题并不是很复杂的学术问题。不过作为教、学《广告设计》课程的老师同学当然更希望清晰地掌握广告的方方面面。只知道基本概念毫无实际意义，然而要想深入理解广告的实质却必须从基本定义入手进入这个复杂系统。

图 1-1

图 1-2

第一节 广告的概念

古代中国当然很早就有广告了，不过在这里我们所要研究的"现代"广告却主要从资本主义的商业运作中推出。任何权威的经典解释都可能过时或不全面，不过先了解最一般的定义有助于我们去比较当前各种对广告的解读。

"广告"一词来源于拉丁文"Adverture"，原先主要是引起注意和诱导的意思，到了14世纪以后，才有了英语"Advertise"一词的出现，慢慢地演变成"引起他人注意"的含义。

在汉语中，广告的字面意思可以理解成"广而告知"，即向公众广泛告知信息化的内容。现代广告是借助各种媒体（包括电视、报纸、网络等等）向大众传达一定信息的一种手段。其特征是集科学、经济、艺术、文化于一身的一门综合性交叉学科。

一、广告词源释意

大英百科全书（© 2007 Encyclopædia Britannica, Inc.）对广告下的定义："用于推销产品、劳务或宣传某种观点以引起公众注意，并诱导公众对广告刊登者做出某种反应的技巧和实践。"

Wikipedia整合全球的广告观点："Generally speaking, advertising is the promotion of goods, services, companies and ideas, usually by an identified sponsor. Marketers see advertising as part of an overall promotional strategy. Other components of the pro-motional mix include publicity, public relations, personal selling and sales promotion."

更为详细的《牛津高阶英汉双解词典》词汇解释如下：

Advertise v.

1. make (sth) generally or publicly known 使（某事物）尽人皆知；公布；宣传；

2. praise (sth) publicly in order to encourage people to buy or use it 公开赞扬（某事物）以鼓动别人购买或使用；做广告宣传；登广告宣传；

advertisement n.

1. action of advertising 出公告；做广告；登广告；

2. (also advert, ad) ~ (for sb/sth) public notice offering or asking for goods, services, etc 广告（推销或征求货物、服务等）

advertising n.

1. action of advertising 广告宣传；做广告；登广告；

2. business that deals with the publicizing of goods, esp to increase sales 广告业；广告事务。

检索文献追溯advertise词源得知，该词从法语、拉丁语词汇中借用而来，意即注意、警告。拉丁语Adverture，原意是"我大喊大叫"、"唤起大众对某种事物的注意，并诱导于一定的方向所使用的一种手段"。后演变为英语中的广告Advertise，其含义是"一个人注意到某件事"，再以后演变为"引起别人的注意，通知别人某件事"。

图 1-3 Classic Coca-cola 广告宣传画

现代意义上的帮助销售的广告词意开始于18世纪中期：When it was originally borrowed into English, from French, advertise meant 'notice'. It comes ultimately from the Latin verb advertere 'turn towards' (whose past participle adversus 'hostile' is the source of English adverse and adversity). A later variant form, advertīre, passed into Old French as avertir 'warn' (not to be confused with the avertir from which English gets avert and averse, which came from Latin abvertere 'turn away'). This was later reformed into advertir, on the model of its Latin original, and its stem form advertiss– was taken into English, with its note of 'warning' already softening into 'giving notice of', or simply 'noticing'. The modern sense of 'describing publicly in order to increase sales' had its beginnings in the mid 18th century. In the 16th and 17th centuries, the verb was pronounced with the main stress on its second syllable, like the advertise– in advertisement.

图 1-4 女性形象运用于商品广告

上述来自英美的广告解释非常相似，即广告是销售手段之一。

广告当然不能简单的与销售（marketing）和推销（merchandising）等同，但单纯将广告作艺术美学、创作手法的分析显然远远背离了其实质。

日本首次将"Advertising"一词译为"广告"，大约在明治五年（公元1872年）左右，到1887年才开始较为统一地使用这个名词。据我国广告学者丁俊杰先生推断，"广告"作为一个词在中文里出现并使用在20世纪初。这个词最初在中国使用时的含义只是"广泛宣告"之意。现代广告的含义已经大大得丰富了。

1948年，美国营销协会的定义委员会（The committee on Definitions of the American Marketing Association）为广告做了定义，在1963年等年份又做了几次修改，形成了迄今为止影响较大的广告定义："广告是由可确认的广告主，以任何方式付款，对其观念、商品或服务所做的非人员性的陈述和推广。"这个定义最重要的一点是指出了在广告中要有可以确认的广告主。另外，这个定义也强调了广告是付费的和"非人员性的"。这些都是现代广告的重要特征。

《辞海》对于广告的定义是："广告是向公众介绍商品、报道服务内容和文娱节目等的一种宣传方式。"这个定义淡化了广告的商业性，但指出了广告负有的社会文化功能。这个定义仍然把广告看作是一种宣传方式。

美国市场学会做出内涵上比较准确的现代广告定义："广告是由可识别的倡议者用公开付费的方式对产品或服务或某项行为的设想所进行的非人员性的介绍。"这个定义既包含了以盈利为目的的商业信息传播的概念，也包含了非盈利性的公益公告、声

图 1-5 儿童形象增加产品可信度

图 1-6 NY_travel

图 1-7 工业系统风格广告
espn_time_travel

明等等。

《中华人民共和国广告法》对广告的定义是："指商品经营者或者服务提供者承担费用，通过一定媒体和形式直接或者间接地介绍自己所推销的商品或者所提供服务的商业广告。"

基于以上的内容，对现代广告的理解应掌握如下要点：

1. 广告是一种传播工具，是将某一商品（或主题）的信息，由该商品的生产者或机构（广告主），通过一定的媒介，传送给消费者。

2. 做广告需要支付一定的费用或代价。

3. 广告进行的传播活动带有说服和力求引起大众注意的倾向。

4. 广告是一种有目的、有计划，而且是连续性的活动。

5. 广告是说服的艺术，广告要尽力引起消费者的注意，在他们心中建立信誉，刺激他们的欲望，并促使他们发生消费行为。它借助广告媒介（电视、广播、网络、报纸、杂志、印刷品、户外展示、车体等等），通过视觉和听觉语言形式（图形、图像、文字、色彩、版式、音效等）来实现广告目标。

6. 广告不仅对广告主有利，而且对消费者也有好处，它可使广告主和消费者都能得到有用的信息。广告的态度应该是中立的。

二、广告系统

现在让我们从系统论的角度去看问题：整个商业活动是一个大系统，广告是为其服务的一个分支系统；从广告本身来看，广告作为一个系统，广告设计是其中的一个组成部分，是一个子系统；广告设计本身如果作为一个系统的话应该也可以分出若干子系统。

一个完整的商业计划和一个完整的广告计划两者之间的关系可以是包含和被包含的关系，也可能是部分重叠的关系。通常意义上的商业计划内容包括前期的调研、中期的概念提出、最终产品的实现与产品推广以及新产品的再开发设计整个循环往复的过程。从企业战略的角度出发，控制整个商业计划应该是或者必须是领导者的主要管理职能。广告计划若作为大商业计划的一部分，其作用主要在产品推广阶段体现。如果广告计划作为独立业务展开，则在很大程度上和商业计划相类似。不只是在产品已出现后仅为其提供推广服务，同样也需要有前期调研、中期执行和后期评估，这里的广告计划已不再是单纯的宣传，而是以顾客为中心（customer-center）的新产品战略的重要组成部分。

广义的广告设计就是一个完整的广告计划，不过通常意义上的广告设计仅指广告执行。狭义上广告设计并不包括前期的调研和后期的制作，这或许就是我们大多数人的概念中的广告设计。在现今的广告公司当中能够完成整个广告流程的并不是很多，大多数小广告公司尽管是各自注册的独立公司，但都可以被看做是大广告公司的分支机构。小广告公司不容易接到大的广告业务委托，大广告公司没有能力、没有精力也没有必要完成所有工作，于是广告市场的格局就这样自然有序地形成了：大广告公司做计划性工作，控制整个广告活动的实施，小广告公司承担具体的广告实现这部分实务性工作。有业务往来的广告公司之间是双赢的关系，竞争主要在提供相同服务的同样规模的广告公司之间展开。

广告是企业战略，若需完整掌控其精髓，建议读者参阅经济管理相关专著。

三、广告学

现在回过头来想想：为什么在中国，广告总是被误读呢？

广告学最需要学的"business"为什么却有意无意被广告教学者丢掉？

让我们查阅一下1998年中国教育部公布的学科目录，我们会发现：广告学专业既在新闻传播学科出现，也在艺术学学科出现，至于其他大学科下下设与广告相关的专业和专业方向就更复杂更让人难以解读其意了。

广告学是什么学科？是宣传本身还是艺术？

在此运用逻辑学最简单的推导方法来看：

A. 广告是推销(基本概念)

B. 广告学是研究广告的学科(基本概念)

结合A、B，广告学研究推销。

这个推论成立而且合理的存在，其前提必须正确。在这里我们共同探讨的是广告和广告学，如果我们在基本概念的把握上相同，那么我们的认识也应该一致。同理可证：中国现今学界和业界对于广告认识上的巨大误差就在于各自的定义不同。

学习广告的作用在于实践，本专科学生尤其如此！

不再多言，一句话：广告不是艺术，是商业。

四、广告艺术设计

广告艺术？广告设计？

广告究竟是不是艺术？正如上文所述广告是商业不是艺术，广告艺术的提法主要是从美学批评角度出发的。另外广告设计究竟归属于什么样的学科和专业，既然教育部都未做出明确规定，研究者

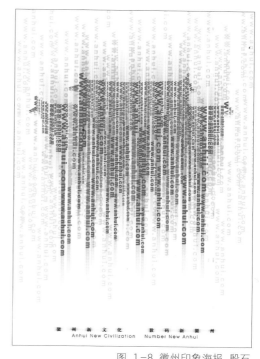

图 1-8 徽州印象海报 殷石

图 1-9 中国老广告 月份牌美人

图 1-10 上世纪中叶 香港街头广告环境

图 1-11 手机广告

各自从自身角度去看问题当然无可厚非。从美学的角度去研究广告这当然也是教学的一项内容，若仅从这个角度去看广告不仅限制了大广告学科的发展，更严重的后果是将广告教育引向歧途。作为正在学习并准备成为广告从业者的学生必须理解广告的实质和了解自己将承担的具体工作内容。

具体的广告简明工作安排：在广告公司内部，我们最熟悉的人员组合一般会有设计总监、文案和美工3人。当然根据公司规模不同，人数也会作相应的调整，具体分工和实际的职能会有所不同。专业的广告公司才会有设计总监、美术指导等固定职位的职员，较小规模的广告公司通常老板本人就是一切"创意"工作的指导，文案和美工有时往往也合二为一。业界的混乱反映到对初入行的求职者的要求也是大相径庭：有的要求"多面手"，有的坚决不要"万金油"。职场的奇怪要求传递到学校教育中来，则不仅是学生不知道该学什么，"导"师也不知道什么才是正确的导向。

学习《广告设计》应知应会什么，尽管有相似的教学大纲和相近的课程安排，不同的学校还是给出了不同的教学指导方针：

其一，"广告设计是企业战略的核心，学生需通晓各方面的知识"；

其二，"广告设计是创意产业，学生主要培养创造性思维能力，具体操作并非关键"；

其三，"广告设计很简单，学那么多无用的知识也没什么用，熟练掌握几个软件也就差不多了……"

上述说法孰是孰非？

第三种说法肯定错了？前两种说的那么"高尚"就一定是负责任的广告教学指导方针？

五、现代广告设计

现代广告设计是企业营销活动的有机组成部分，是为了实现企业整体战略目标而服务的。作为市场营销的促销组合手段之一，它有着很强的功利性与目的性。广告的整体策划原则，使得现代广告设计必须服从于广告的整体策划，从企业形象设计（CIS, Corporate Identity System）的整体规范来看，所有的广告设计需要风格统一，目标一致。这其中包括了色彩、版式、内容、感受等等；从某一具体时期的广告设计来看，需要表现手法、感受、元素风格的统一。当然这一切也要统一在整体的企业广告规范中。

现代广告设计是一门综合性很强的交叉学科，涉及很多学科门类，如传播学、市场学、心理学、设计学、美学等等。对于广告设计来说，除了要有对专业理论系统的认知和有设计基础以外，还需要具备广泛的多学科知识。

现代广告设计有着严密的科学性与程序性，它要求从市场调研开始，经历产品定位、拟定广告策略与诉求主题、创意的视觉呈现、直到最后的媒体选择和效果测定。每一个阶段都需要科学地运用不同领域和门类的知识，才能从整体上最终实现广告目标。

现代广告设计强调发挥集体智慧和整体协调配合，依靠团队（teamwork）作战，从广告策划开始一直到最后的效果评测，采取一体化的综合方法。崇尚集体主义精神，运用经济学者、心理学者、文案专家、美术设计师、广告摄影师等专业人才的共同智慧和力量，在总体策划下，按照广告主题和创意表现的要求，以集体创作的形式完成工作任务。

第二节 广告历史分期

国外学者认为最早的广告是现藏于伦敦大英博物馆内的一张羊皮纸（parchment）。据考证，这是公元前1000年左右，古埃及的一张寻找一个出走奴隶的广告。

之后，西方广告形式曾经陆续存在过招贴广告、声响广告、演奏广告等。广告的目的也各不相同，据记载，古罗马的独裁统治者恺撒面对即将来临的战争，就经常通过散发各种传单来开展大规模的宣传活动，以便获得民众的支持。

以演奏形式影响、招徕顾客的商业广告方式源于1141年法国的贝里州，12个人组成的口头广告团体，经法国国王路易七世的特许，在特定的酒店里吹笛子，招徕顾客，从而对光顾的客人进行推销宣传。

中国古代的广告萌芽于公元前10世纪左右，根据《周礼》记载，在当时的社会经济生活中，凡是进行交易都"告子士"。在商周时代，交易要以铭文形式铭刻于青铜器之上，这种铭文距今3000多年。春秋战国时期出现了许多新的广告形式，为以后广告的成型和发展起到了促进作用。

世界广告的历史大致可分为四个时期：

一、原始广告时期

1841年以前的古代广告或原始广告时期。其中包括：

1. 广告传播的起源和人类早期广告传播活动阶段。

三大人类文明区占有主导地位、发挥着主导作用：以古代埃及、巴比伦、希腊、罗马文明为主的环地中海东部文明区；以古代印度文明为主的南亚次大陆文明区；以古代华夏文明为主的中国文明区。上述三大文明区包括了世界四大文明古国———埃及、巴比伦、印度和中国，它们的共同特征是在原始民族社会后期和奴隶社会初期，由于生产力的发展而完成了三次社会大分工，产生了早期的商业和商人，并产生了为推销剩余商品、招徕顾客的实物陈列、口头叫卖等原始广告形式。

2. 原始广告繁荣阶段。

中国文明区和阿拉伯文明区占有主导地位和发挥着主导作用。这一时期广告传播方式以实物陈列、口头叫卖、原始音响、悬物、悬帜、灯笼、图画、招牌、彩楼和对联等原始广告形式为主。

3. 印刷广告的产生与发展的初级阶段。

中国文明区和以英国为中心的欧洲文明区是世界广告传播发展的主体。原始形态的印刷广告从产生到17世纪以前，一直在中国文明区发展。谷登堡[Gutenberg, Johannes (Gensfleisch zur Laden zum)]在1450年率先使用金属活字印刷术，促进了欧洲的文化传播和科技发展，为文艺复兴的胜利和报刊媒介首先在德国、英国、法国和意大利的产生准备了条件，这时期报刊广告和因英国政府压制报刊广告而发展起来的传单广告是两种主要的广告传播形式。

图 1-12 北宋兔儿为记广告

图 1-13 煤炭商人、乐器商人卡片

图 1-14 中国古代的幌子

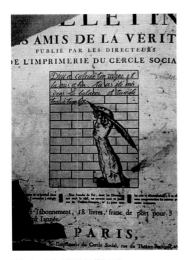

图 1-15 巴黎早期广告

二、印刷媒体时期

1841—1920年的近代广告时期是印刷媒介大众化时期。

美国逐渐取代英国而成为世界广告传播的中心。伴随着美国工商业的发展，制造业主为了将堆积如山的工业产品推向更大市场，不得不依赖此时正突破政党控制而走向大众化的报刊媒介，借助广告沟通产销，促进销售。

一方面，制造业主通过不断向报刊媒介提供广告刊载业务，使其能够在经济上摆脱政党的资助而最终走向独立；另一方面，报刊媒介通过收取制造业主的广告刊载费，得以实现编辑方针的改变——由政治新闻转向社会新闻和对读者对象的重新选择——由主要面向政党、政客转而面向普通大众，使报刊由政党媒介变为大众化传播媒介。

大众化报刊的普及不仅扩大和培养了大批大众读者群，又反过来刺激制造业主拿出更多的钱来做广告，有利于制造业主(付费做广告)——大众化媒介(刊载商业广告)——读者(阅读广告实现购买)——制造业主(做更多广告)的良性循环的形成，在客观上促进了世界广告业的发展。因此，廉价报纸和杂志等大众化报刊的兴起以及由此而起的大众化印刷广告的发展是这一时期最主要的特征。

三、大众传播时期

20世纪20年代至70年代末的现代广告时期。

广告虽然包括人员的传播行为，但主要是通过大众传播媒介来进行的活动。在以广播、电视和报刊为代表的传统媒介时代，美国是世界广告传播发展的主体，日本和欧盟国家成为其两翼。20世纪20年代广播媒介、40年代电视媒介，特别是50年代中期彩色电视机的产生，带来了以声音传播、视听传播为主的信息传播方式和信息存在和表现形态的变化，对此前以纸质媒介为主的近代时期而言都是一场空前的革命性变革，由此产生出这一时期广告传播不同于以往任何时期的特征，被称为电子媒介时代。自此，广播、电视和报刊等传统媒介广告的并行发展和共同繁荣构成了本时期世界广告传播发展的基本线索。

四、融合网络时期

20世纪80年代以后进入当代广告发展时期的网络媒介时代。

以网络为代表的新媒介时代和世界广告的国际化趋势，催生出广告传播的多元化时代来临。从20世纪80年代开始，以国际互联网建立和网络传播兴起为标志的网络媒介，作为第四大媒介登上了世界传媒舞台。它以其广域性(或超时空性)和双向互动性特征而与广播、电视和报刊三大传统媒介形成了鲜明的对比，使这一时期的广告传播方式、广告存在形态等发生了深刻的变革———由传统的以产品为中心向以消费者为中心转移，由传统的以传者为中心向以受众为中心转移，由"从传者到受众"的单向传播模式向"传者———受众"双向互动的传播模式转移，广告传播重点由以诉求产品功能和物质利益特点为主向以塑造品牌形象为主转移。

与广播、电视和报刊三大传统媒介相比，网络新媒介尽管展示出了许多优势，但从总体上说，它还无法在短期内取代三大传统媒介。

图 1-16 早期鞋广告

因此，网络新媒介将与广播、电视和报刊媒介和平共处与同时并存。这一时期世界广告业正发生着四大变化：

其一，全球化步伐的加快和国际竞争的加剧，促进了日本、欧盟国家广告业的大发展；同时以巴西广告为代表的拉美广告业的崛起和以中国台湾、香港和大陆广告为代表的中国广告业的恢复、发展，标志着发展中国家广告业大发展时代的来临。这样，美国广告业的单级地位受到挑战，世界广告业在结束一元化时代的同时，正在迎接一个多元化时代的到来。

其二，世界范围内企业的兼并、重组之风也吹向了世界广告业，数家大型跨国广告企业集团兼并了一批规模庞大、品牌含金量高、竞争实力强的著名广告代理公司，他们之间的竞争已经超越了国界的限制而更加国际化。

其三，广告公司逐渐向其上下游的调查业、公关业和咨询业等领域扩张和延伸，其功能更加齐备。

其四，广告代理公司的专业化程度越来越高，创意与品牌取胜将是代理公司的发展方向。

图 1-17 Fedex_print_ad

▌ 第三节 广告分类

广告多种多样，为了便于具体研究，可以根据不同属性进行分类。

一、媒介分类

按传播媒介为标准，主要包括：报纸广告、杂志广告、电视广告、电影广告、幻灯片广告、包装广告、广播广告、海报与招贴广告、POP广告、交通广告、直邮广告、互联网广告等。进一步可归类为：

1. 印刷广告：主要包括印刷品广告和印刷绘制广告。报纸广告、杂志广告、图书广告、招贴广告、传单广告、产品目录、组织介绍等。印刷绘制广告有墙壁广告、路牌广告、工具广告、包装广告、挂历广告等。

2. 电子广告：广播电视广告、电影广告、多媒体广告、电子显示屏幕广告、霓虹灯广告等。

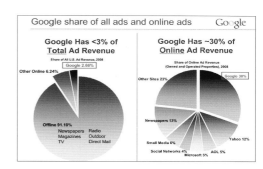

图 1-18 ad-revenue-google-2009

3. 户外广告：交通工具广告、高架广告等。

4. 实体广告：实物广告、橱窗广告、赠品广告等。

5. 直邮广告：通过邮政系统发布或直投的广告。

6. 网络广告：互联网广告、邮件广告。

二、地理分类

1. 地方性广告：又叫零售广告，由商业企业所做，其顾客只来自某一城市或当地销售半径内。

2. 区域性广告：只在某一区域而非全国范围内销售产品的广告。

3. 全国性广告：针对全国主要地区的顾客。

4. 国际性广告：为开拓海外市场而作。

图 1-19 网络广告预算计划

图 1-20 Commercial_Ad——活动推广

图 1-21 web ad

图 1-22 creativejeanad

图 1-23 book-bench-advertisement

图 1-24 Made-in-China-com-s-Advertisement-in-the-Xin-Gang-Dong-Station-of-Guangzhou-Metro

三、地点分类

1. 销售现场广告：指设置在销售场所内外的广告。主要包括橱窗广告、货架陈列广告、室内外彩旗广告、卡通式广告、巨型商品广告。

2. 非销售现场广告：指存在于销售现场之外的一切广告形式。

四、内容分类

1. 商业广告：广告中最常见的形式，是广告学理论研究的重点对象。商业广告以推销商品为目的，是以向消费者提供商品信息为主的广告。

2. 文化广告：以传播科学、文化、教育、体育、新闻出版等为内容的广告。

3. 社会广告：指提供社会服务的广告。例如：社会福利、医疗保健、社会保险以及征婚、寻人、挂失、招聘工作、住房调换等。

4. 政府公告：指政府部门发布的公告，也具有广告的作用。例如：公安、交通、法院、财政、税务、工商、卫生等部门发布的公告性信息。

五、目的分类

1. 产品广告：指向消费者介绍产品的特性，直接推销产品。目的是打开销路、提高市场占有率，促进产品与服务销售的广告。

2. 非产品广告（企业或公益）：提升某一机构的责任感或理念，而非具体的产品。

3. 公共关系广告：指以树立组织良好社会形象为目的，使社会公众对组织增加信心，以树立组织卓著的声誉的广告，是为形象广告。也包括为处理突发事件而作的危机广告。

4. 商业广告：具有营利目的，促销产品、服务或观念。

5. 非商业广告：由慈善机构或非营利机构、市政机构、宗教团体或政治组织出资或为这类团体制作的广告。

6. 行为广告：旨在引起受众的直接行为。

7. 认知广告：旨在树立某一产品的形象，使受众熟悉产品的名称和包装。

六、受众分类

1. 消费广告：针对那些购买产品自用或供他人使用的人。

2. 企业广告：针对那些购买或指定产品和服务用于再生产的人。

3. 贸易广告：针对经销产品与服务的中间商（批发商和零售商），他们购买产品再转卖给顾客。

4. 专业广告：针对那些遵守某一伦理规章或行业标准的专业人员。

5. 行业广告：针对特定行业的从业人员，如士、农、工、商。

七、形式分类

1. 图片广告：主要包括摄影广告和信息广告。表现为写实或再创作形式。

2. 文字广告：指以文字创意而表现广告诉诸内容的形式。文字能够给人以形象和联想余地，软文能攻破读者的心理防御机制（psychological defense mechanism）。

3. 表演广告：指利用各种表演艺术形式，通过表演人的艺术化渲染来达到广告目的的广告形式。

4. 说词广告：指利用语言艺术和技巧来影响社会公众的广告形式。大多数广告形式都不可能不采用游说性的语言，重点宣传企业或产品中某一个方面，甚至某一点的特性，在特定范围内利用夸张手法进行广告渲染。

5. 综合性广告：这是把几种广告表现形式结合在一起，以弥补单一艺术形式不足的广告。

八、阶段分类

1. 倡导广告：这种广告又称始创式广告，目的在于向市场开辟某一类新产品的销路或某种新观念的导入。此种广告重点在于使人知晓。

2. 竞争广告：这种广告又称比较式广告，是通过将自己的商品与他人的商品作比较，从而显出自己的商品的优点，使公众选择性认购。此种广告重点在于突出自己商品的与众不同。许多国家在广告立法上对于比较式广告有一定限制。许多企业则转而采用和自家的老产品作比较的广告形式。

3. 提示广告：这种广告又称提醒广告、备忘式广告，是指在商品销售达到一定阶段之后，商品已经成为大众熟悉的商品，只需将商品的名称提示给大众就可以促进商品销售，是一种长期的品牌保持广告形式。

除上述分类之外，广告还有许多其他分类方法：

按广告诉求的方法，可将广告分为理性诉求广告和感性诉求广告；

按广告产生效果的快慢，可将广告分为时效性广告和迟效性广告；

按广告对公众的影响，可将广告分为印象型广告、说明型广告和情感诉说型广告；

按广告的目标对象，广告可分为：儿童、青年、妇女、高收入阶层、工薪阶层的广告；

按广告在传播时间上的要求，广告可分为时机性广告、长期性广告和短期性广告等等。

按广告传播对象为标准，可以将广告分为消费者广告和商业广告。

按广告主为标准，基本上可以将广告分为一般广告和零售广告。

图 1-25 WWF公益广告，我们的地球就和我们的肺部一样，到了这种地步再去弥补就为时已晚了。
Advertising Agency: TBWAPARIS, France
Director: Erik Vervroegen
Copywriter: Nicolas Roncerel
Art Directors: Caroline Khelif, Leopold Billard, Julien Conter
Account Supervisor: Laurent Lilti
Released: April 2008

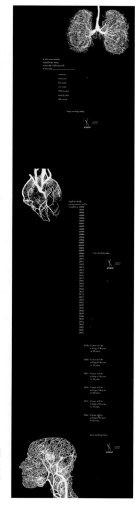

图 1-26 反吸烟组织ADESF公益广告，从今天开始停止吸烟

图 1-27 公益：我只剩下这一个孩子了..

图 1-28 公益广告：每三秒钟就有一只动物死于化妆品实验室。请对动物试验化妆品说不！

图 1-29 Alamo汽车租赁广告，每个人都可以发现一个世界

第四节　广告的功能

现代社会已经没有不通过广告做宣传的企业了，以往那种"酒香不怕巷子深"的时代已一去不复返了。现代社会的所有经济活动以及其他艺术类、公益类活动都无法离开广告，广告已经成为人们信息的重要来源。现代广告的功能也是多元化的，主要包括信息功能、经济功能、社会功能、心理功能、美学功能等。

一、信息功能

从整体广告环境来看，企业通过广告向市场传递企业和产品信息，再通过市场反馈及时调整企业的经营策略。它是联系企业、经营者与消费者之间的重要纽带。从广告本身来看，它又是通过具体的文字、声音、静态与动态的图像等来向消费者传达明确的信息，这种信息包括了产品信息、市场信息、企业信息、品牌信息等。

二、经济功能

广告能促进商品流通，加速实现商品向消费者方面的转移。同时这也反作用于生产规模的扩大与缩小。一方面，生产者根据广告反馈的市场需求信息，生产适销型产品，制定相应的广告策略，另一方面，生产者运用广告向市场传递产品信息——引导消费，扩大销售。

三、社会功能

广告也是公共宣传，是社会宣传的一种形式。广告在一定程度上具有传播新理念与新知识的教育功能，开拓社会大众的视野，丰富人们的物质文化和精神文化生活的积极作用。同时，广告通过各种形式的公益广告的宣传，提高思想意识和道德观念，有助于社会公共事业的发展。

四、心理功能

现代广告瞄准消费者的心理需求，适应其心理过程，达到心理沟通的目的，通过广告的准确诉求，引起受众的注意，诱发消费者的兴趣与欲望，促进消费行为的产生。

除了恶俗的广告之外，优秀的广告设计能带给观者以心理上的满足感，对消费者的思想也起着潜移默化的作用，给人以美的享受。

五、美学功能

广告是在传递信息的要求上，通过美的形象、美的语言、美的形态，这种软性的传递方式，激发消费者的购买欲望的。这就使得广告这种精神产品，必须具有一定的审美价值，来满足消费者的审美需求。

现代广告集科学、艺术、文化于一身，其美学特征具有实用和审美的双重性。广告艺术化已成为世界性的潮流。作为一种大众的艺术，广告具有最广泛的群众性，是传播信息与观念的有效工具，刺激着新的文化创造，促进科学、艺术、文化的繁荣，促成社会观念和生活方式的更新。它对提高社会生活质量和使社会生活更加有序化、理想化和艺术化有着不可忽略的特殊作用。

广告设计是一种实用性很强的艺术，也是一种有目的性的审美创造活动。它主要为商品流通服务，有很强的目的性，它首要的和直接的目的是促成所宣传的商品或服务被消费者所接受。广告设计的美的价值主要在于实用，是实用与审美的高度统一。

广告设计的美，是要建立在实用价值之上的，是要"得宜其中"的，这是广告设计艺术的基本美学特征。广告不是纯艺术，不等同于绘画等艺术形式，在创造的目的性上与其他艺术活动有着本质的区别和不同的评价标准。不能一味追求美感，而忽视广告的目的性，这样会导致广告艺术功能和特征的丧失。

通过以上对现代广告的功能分析，我们得出现代广告的特点，就是科学技术的进步首先发展了广告的各种表现手段，也使广告设计越来越具科学性，但是广告的对象是人，广告要通过艺术的手段，按照美的规律去创作同时又必须在策略的指导下，用视觉语言传达各类信息。这就使得现代广告具有科学性与艺术性方面两大特点。

图 1-30

作业：

1. 分组讨论有关广告的不同概念。

2. 对广告历史分期作细分，分析总结其分期依据并用文字的形式表达出来。论证进一步划分的可能。

3. 整理某一类广告经典作品，课堂上公开交流。

4. 分析广告的各项功能之间的内在联系，写出书面的学习心得。

图 1-31 提示广告JWstopandplaywall

图 2-1 中外运宣传资料 钱安林提供

第二章　广告公司与客户

▶ 学习目标：

通过本章的学习，了解广告公司的架构，清楚各部门不同职位具体的工作职责、工作内容和工作步骤；确立以消费者为中心的业务开展的基本理念；明晰与广告主的合作关系。

1. 广告公司的架构的理解。

2. 以消费者为中心的行动规范的自觉。

▶ 学习重点：

广告公司的架构以及各部门的划分与工作职责。

▶ 学习难点：

与客户建立长期的伙伴关系的注意事项。

图 2-2

　　专业性的广告公司必然要与客户建立长期的伙伴关系。加强公司自身建设的措施有利于吸引和留住客户，并与客户建立长久的合作关系。但是，真正要与客户建立荣辱与共的伙伴关系，还需要广告公司进行一对一的客户管理。广告公司不仅要关心客户的营销活动，还要真正关心客户的成长，与客户结成利益共同体。

　　广告公司要为客户确定广告目标、制订广告计划、组织广告活动的开展，还要与客户的营销部门、产品开发部门、生产部门、财务部门一道，积极为客户长远发展作规划，使企业的广告活动与企业的营销战略、经营战略相结合。为客户出谋划策，但不对客户的生产经营活动过多干预。以求在动态平衡中保持与客户长期合作的关系。在以业务为中心的广告公司内部，也相应形成了不同的职能部门。

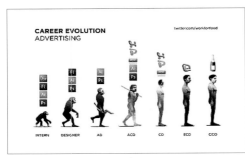

图 2-3 广告人的自嘲之作

图 2-4 图片解释广告口号

第一节　广告公司架构

广告业是一个知识密集、技术密集和人才密集的行业。人的因素是第一位的，人才是公司的核心资源。要为客户提供高水平的专业化服务，广告公司必须具备高素质的专业人才。正因为如此，国际化广告公司都不惜对员工培训的投入。在广告人心目中，奥美是注重培训、重视人的发展的公司；萨特萨奇公司可以为培训员工牺牲短期盈利。由于重视员工的培训和个人发展，这些广告公司吸引和留住了一大批优秀人才。这是公司的宝贵财富，是公司持续发展的根本保证。

不同部门所需的人才是不尽相同的。有着相近业务素质和工作职责的员工组成了不同的工作团队，以专业化的服务技能完成整个项目特定的工作。传统广告公司通常包括以下几个关键部门或机构：

一、客户管理

客户部门主要负责公司新项目的寻找和确认。其负责人客户总监（Chief User Officer，客户经理或客户主管）与广告公司和客户都保持着定期的交流，一旦所制订的广告策略计划和活动纲要得到了客户的同意，客户部门就开始了关于广告策略和活动纲要执行过程的监督。客户团队对于公司内部不同的广告项目提供项目管理，并保持和公司内部不同团队之间的沟通。

二、项目计划

项目计划涉及对于目标客户清晰准确的了解，以及对于客户和相关品牌之间潜在关系的理解。了解并理解客户所持有的观点、习惯，以及客户的需要和购买行为的特点，对于广告策略的发展和制订起着决定性的作用。而这些信息的获得就是通过纷繁多样的有质量的市场调查完成的，例如重点群体的定位和访谈。在创意简报的发展和制订过程中，项目计划者和创意团队紧密地工作在一起。

三、媒介购买

在这一阶段里，公司内部的媒体专家们就如何以最有效的方法将广告概念传递给目标观众群以制订详细的计划。该项工作也需要有独特的工作方法，采取最有创意的方式——如利用令人兴奋的新兴媒体来传递广告信息等。

此外，媒体人员工作的另外一个重点是通过谈判购买不同媒体中最佳广告投放点、最佳播放时段、最佳广告空间等，所有的这些都要以最便宜的价格得到。为了达到这一目的，该部门人员需要每天和报纸、杂志和电视台广告部等媒体打交道。

四、创意部门

创意团队通常都是在由掌控公司所有创意成果的创意指导人员引领下进行工作。创意团队负责根据客户团队所提供的创意简报来发展具有原创性的广告设想和概念。传统意义上的创意团队通常由一位艺术指导和一位文案组成。然而在当今的现实中，这两者之间的界限已经开始模糊不清——艺术指导也会考虑广告语的创作；而文案也会涉足视觉图像的创作。

一旦客户同意了所提交的广告计划，接下来创意团队的任务就是将概念转化为实际。从创意一直到制作完成，到投放，都是营销广告的一个个环节。共同的任务只有一个，就是完成营销目标（提高销量或者提升品牌等等）。完成的好就是优秀的，反之就是不合格的。这很残酷、很"商业"，没有一点点"艺术"在里面。"创意"一直是某些广告人心中的"圣殿"，几乎高于一切。但脱离了市场营销的实际，凭空判定创意的优劣高下，是没有意义的。

五、制作部门

创意概念被客户接受后，那么制作部门就开始进入角色——将概念以所要求的形式转化为现实。制作部门会和艺术指导紧密地工作在一起，因为他们需要艺术指导随时确定制作部门对于概念的理解和诠释是否正确的，整体广告的观感是否与创意团队所预计的是一模一样的。

有些公司会使用委外设计、制作外包的方式，如与电视制作公司或招贴设计专家合作。无论采取哪种方式，制作部门的工作与巨大的压力是画等号的，因为随时需要赶在最后期限(dead line)交稿。

由于科技的快速发展而导致整个广告行业不断发生变化。在专业的招聘网站上，每日更新最多的资讯就是有关广告人员的招聘。在广告业中能够保持工作稳定的就只有资深创意人和保洁劳务人员了。因此，每一家专业广告公司在任何时候都需要保留的就是公司的独创性概念，以及将这种概念以一种有趣的方式表现出来并能够吸引观众的能力了。

图 2-5 外企也打本土牌

图 2-6 效果对比广告 bicshave

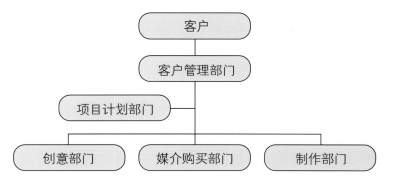

图 2-7 Denver Water Convey or Belt

图 2-8、2-9 广州2010年亚运会市场开发指南 孙鹏设计

第二节 以消费者为中心

现代广告设计是以消费者为中心的，强调创意设计要建立在细致的市场调研、产品调查、消费者和竞争对手调查之上，再进行综合分析，确定广告目标、诉求对象和广告主题，研究消费者的观念、爱好、心理、习惯等因素，最终是以满足目标消费者的需求作为行动出发点。

一、消费者心理价值

随着时代的进步，人们的物质与精神生活水平不断提高，消费行为不断社会化，消费意识也在产生变化，人们对消费品提出了更高的要求，消费出现了新趋势。消费者在市场上寻找满足他们的产品有多种心理追求，例如社会的、实用的或精神上的需求等等。任何广告产生之前，都要拟定广告策略，了解消费者的购买动机，找出广告商品对消费者的利益和好处，针对他们的消费心理投其所好，吸引他们，令他们做出预期的反应。

在现代消费环境下，很多人不是为了购物而购物，而为了"某种欲望的满足"或为了"获得某种利益"，即寻找产品实用价值之外的象征价值。每个人都会认为自己是具有某种性格、习惯和行为方式的人，这就是人们的自我形象。在消费过程中，消费者总是愿意购买那些他们认为符合自我形象的产品，总是寻找或追求那些理想的符合自我形象的产品，以保持和美化他们的自我形象。

不管广告多么好，创意多么有价值，都需要站在消费者的立场上去看广告，只有消费者才是创意之母，能打动消费者的广告才算有效，其创意才有价值。以纳爱斯为例，其洗衣粉广告主打情感牌，当初其"下岗篇"广告，以情感诉求为重点，获得了空前的成功；一项调查显示，37%的消费者都被该产品广告中的情感诉求所打动，并对该产品与品牌有了深刻印象。但同样是情感广告，纳爱斯牙膏的"后妈篇"却收效甚微——因为这有违国人的普遍伦理与心理价值。街头的广告调查事实是：谁也不想因买这种产品而被看做是后妈……

二、时尚与现代潮流

时代每天都在进步，消费者的观念也在不断发生改变。大多数的人总是无意识地在消费过程中去适应时代的变化，以表明自己是符合时代潮流的。人们购买高级手表、高级服饰或高级轿车等奢侈产品时其实是一种炫耀式消费（Conspicuous consumption），其购买行为本质在于满足"虚荣心"，所追求的是产品之外的"地位象征"、"明星感受"。Its basic character is splurge, vogue and devour.（炫耀性、时尚性和挥霍性是消费主义的基本特征）。因此在消费中会出现一种相互追逐、效仿时尚的趋势，这种趋势在年轻的消费群中表现特别突出。针对这种需求的心理特点，在广告设计上主要突出以下特点：

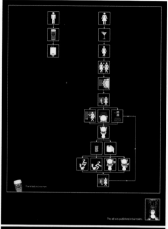

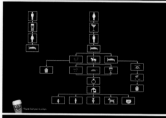

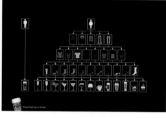

图 2-10 "感谢上帝，你是一个男人"……Goldstar Beer的这则广告完完全全抓住了男人的心理，三组图就表达了作为男人的优越感。
Advertising Agency: McCann Erickson, Tel Aviv, Israel
Creative Director: Ido Ben Dor
Copywriters: Asaf Zelikovich, Elad Gabison
Art Director: Geva Gershon

图 2-11 口红平面广告 模特：岳方方 摄影师：范尔东

1. 强化现代的潮流与风格，极力突出广告产品的现代性，强调该产品是最新消费潮流的导向标。例如现代很多广告设计中大量运用再度流行的波普艺术插画风格来体现潮流感。

2. 对于一些讲究高新科学技术的产品，在广告设计的表现中要突出高科技的感觉。综合运用未来、时空等元素的穿插来表现最新的科研成果，突出时尚感受。

3. 运用消费者心目中的偶像明星，创造一种可供效仿的楷模形象。这是一种直接性的沟通，通过消费者对于偶像明星的模仿来传达时尚性。

4. 宣扬产品唯我独有、唯我独尊的心理暗示，诱发消费者内心的购买动机，拨动其感性心弦，促成购买行为的发生。

三、追求消费的情趣

由于消费意识的不断变化，消费层次的逐渐提高，消费者往往对于产品的物质需求在减少，而精神上的享受和追求生活的情趣逐渐增加。这使得许多商品在销售过程中，更多的要大力宣传其精神上的功能。例如旅游是一种放松心情的生活方式，体现人们喜好自然美的本质感受。因此现代很多广告都与旅游相互嫁接，汽车的广告中就经常出现优美的景色来打动潜在购买人员。再如一些休闲食品，喜欢在体现食品口味的同时，宣传一种情趣化的消费。台湾的"小心点"食品利用名称的双重含义大做文章，突出不同情景中相同语言的情趣化内容。大陆的"好吃点"饼干与此有着异曲同工之妙。

每一件商品都不是单一存在，往往都有着与之相互依存的相互关联的产品。对于消费者来说，也不再满足于单一的产品需求，消费相互依存的协调统一始终在出现。这种消费品的相互关联的现象被称为消费链。这种消费的新趋势，促进了广告宣传手法的发展，在一些广告的诉求表达上采取了复合诉求的手法，从以单一的商品为诉求点转化为用几件相互关联的商品群为诉求中心，以适应不断进步的消费需求。例如广告中将精美的女性高档手包与黄金饰品互为依托，钢笔、钱包与打火机相互组合；西服的广告中有时就要出现相互配套的领带、衬衫、皮鞋等。

消费者在购买商品时受情感的影响很大，他们首先对广告产生注意、引起兴趣、激发欲望，最终促成购买行为，其过程自始至终都充满着情感的因素。在现代广告的创意中要充分注意情感性原则的运用，尤其是对于某些具有浓厚感情色彩的广告主题，更是创意中首先要考虑的因素。要在广告中渲染感情色彩，烘托产品给人带来的精神上的美的享受，通过"动之以情"的手法，诱发消费者的情感，最终产生购买冲动。广告设计的前提就是首先要了解消费者的各种需求趋势，把握时尚特点。在时尚大潮中，掌握销售时机，针对消费者的心理特点，设计行之有效的广告，用多种方式刺激消费者，以唤起认可与理解，发挥其潜在的心理认同感。让消费者在不知不觉中融入时尚产品的选购行列中，随着时尚产品的逐渐普及化、环境化，自可达到销售产品的目的。

图 2-12 花与花体字背景反衬简洁的产品

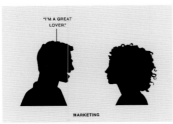

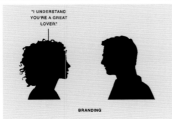

图 2-13 人员交流与品牌传播

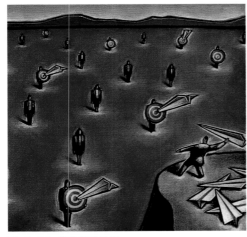

图 2-14 找准行动目标

▶ 第三节　更趋理性的广告主

广告主又称广告客户，是指为推销商品或提供服务，自行或者委托他人设计、制作、发布广告的法人、经济组织或个人。生产厂家、经销单位、服务企业是最主要的广告客户。广告主作为广告的倡议者、投资者和广告效果的受益者，是广告活动的主体。一般而言，广告公司与客户关系的建立与发展可以分为四个阶段：

（1）相互选择，初步合作；

（2）保持合作关系；

（3）发展为持久的伙伴关系；

（4）开始新的选择或关系进一步强化。

如何将合作深化，使得不够稳定的合作关系变为持久、稳定的合作关系，对广告公司的发展壮大至关重要。但广告主通常片面认为：广告活动达不到预期的目标(30.3%)、广告公司创作不出令广告主满意的作品(24.2%)、广告公司的客户人员与广告主沟通能力差(12.1%)。从很多方面来说，广告公司和客户之间的关系属于互利互惠的关系，不过从最终目的来说，客户享有控制权。

据国内一项广告行业内部的调查：企业和广告公司的合作关系在1～2年的占45.1%；合作期限在2～3年就认为是关系比较稳定的了。与此相对照的是，国外企业和广告公司的这种合作关系往往可以维持几十年：柯达与智威·汤逊公司共同经历了67年的风雨；美国联合航空公司与李奥·贝纳公司的合作维系了31年。虽然据该项调查，广告主(69.6%)与广告公司(70.6%)都认为理想的双方关系应是共创利润的长期伙伴，但在现实中，多数为短期雇佣关系。

客户可以在任何时候决定广告费用的增加与减少，并且可以随时决定中止和广告公司的合作。而广告公司对于失去客户的恐惧，在很多时候导致了被迫接受来自客户方面的不愉快的决定。在这种情况下，大部分创作出来的广告都非常糟糕。因此，广告公司和客户之间相互埋怨，从而导致两者之间的关系无法修复。现今，虽然这种恐惧仍然存在，但在国内广告公司和客户之间的关系，在慢慢向着一种良好的合作者关系而不是简单的雇佣关系转变。有些重要的大客户已经学会信任广告公司的专业判断，同时广告公司也学会了在广告创作过程的关键步骤中和客户主动交流。

作业：

　　1. 分组讨论广告公司的架构、公司各部门各自的职能与相互关系。

　　2. 搜索并整理某一类广告作品，分析其创意与实施的出发点是如何体现"以消费者为中心"的。

　　3. 课堂讨论如何协调好广告公司与广告主的合作关系。

图 2-15　永远忙得不可开交的广告人

图 2-16　简练而生动的辣酱广告

图 3-1 公益广告

第三章　广告运作流程

▶ 学习目标：
　　通过本章的学习，了解广告运作流程以及各阶段的工作内容与工作步骤。
　　1. 理解广告策划阶段的工作内容。
　　2. 广告实施与评价阶段的工作核心。

▶ 学习重点：
　　广告策划阶段为设计实施所作的准备工作。

▶ 学习难点：
　　综合各现实要素对广告活动作出正确的评价。

图 3-2

　　策略是为了达到目标而采取的一定的方法，对广告策略的讲求，可以使创意更加有目标和意义，保证广告战略目标的有效达成。也只有将策略与创意表现紧密结合起来，才会成就有效而有创意的广告设计。

　　制定广告计划是一系列策划行为，有一整套严格或灵活的程序，广告活动涉及经济、美学、传播、心理等诸多领域，还涉及广告主、广告公司、媒体公司三方之间的协作配合，如果没有一个整体的计划和程序，是无法协调运作的。

第一节 准备与计划

广告活动需有步骤、分阶段进行，因此需要按程序来管理各个阶段的目标、任务和实施的进度，以确保整个广告活动按计划顺利完成。以下我们以日本电通公司广告流程为例，简要说明广告活动的一般流程。广告策划的核心内容是确认广告的交流对象、交流内容、交流方式。相对应的阶段划分则为：广告调查、广告计划、广告预算与广告决策。

一、广告调查

商业时代的市场调研早已成为一门综合性科学而被广泛应用，它是广告活动中的重要环节，对广告业务的发展至关重要。如果产品推出之前，不做深入细致的市场调研，只会形成广告宣传的盲目性，结果往往事倍功半。无论在新产品的市场导入期、产品的成长期，还是产品的成熟期，都有不同的消费者市场调查目标。

具体调研时，需了解当地的市场营销环境，要开展对同类商品的调查和消费者调查等工作，如当地人的消费模式、消费心理、风俗习惯等；产品情况调查，如商品的生产过程、品质成分、包装、售价、市场占有率等。市场调查的目的是为广告找准诉求点，并为广告的表现和媒体的选择提供有力的依据。广告调查的内容很多，不同的广告要求也可能不一样，但一般来说可以归结成四个部分，一是关于企业、二是关于产品/服务，三是关于竞争，四是关于受众。

1. 企业调查

首先要了解所服务的企业的历史、现状及期望，以及它的背景、实力和文化，它的市场区域、市场地位、品牌形象、社会声誉以及企业关于经营的各方面的策略等等，当然还有一些诸如企

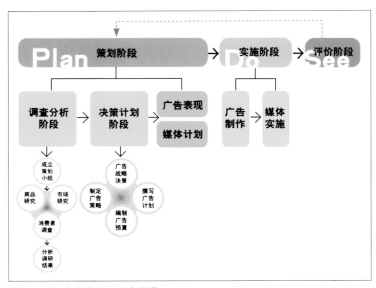

图 3-3 日本电通公司广告流程

业独特的文化、理念、习惯等等也需格外注意。

　　企业的实际情况是决定广告策略最重要的因素之一，在不了解企业的情况下很难把握广告的成败。同时还需要明确地知道企业对广告的态度，包括具体的目标、预算、要求和期望等等，否则即便有好的创意也难实现。

　　2．产品调查

　　其次要了解广告的对象：产品或服务（当然也可能是活动、品牌和企业形象等）。

　　产品通常包括三个层次：核心产品（即购买者所追求的利益）、有形产品（包括外观、式样、质量、包装和品牌名称等）、附加产品（包括安装、售后服务、保修、送货、信贷等）。

　　清晰地把产品的各个层次的理性利益（功能利益）和感性利益根据主次、优劣一一罗列出来，为广告要传达的主题和产品定位做好足够的依据准备，同时还需要明晰产品的市场定位和市场地位，广告主的产品力、销售力、品牌力。

　　3．竞争调查

　　在对企业和产品都有清晰地了解后，就应该进入市场化运作了。市场可简单地理解为企业、竞争对手和消费者三方组成，并且还有包括诸如政治、经济、文化、技术、法律等因素，这些都是广告需要调查的重要内容。

　　对于竞争者的调查同样应从企业的调查开始，将对手的企业背景、经济实力、经营战略、企业文化、竞争风格、广告策略了解得越透彻，就越可能发现他们的弱点，就越可能发现出击的机会。所谓知己知彼，百战不殆。而对于对手的产品则可放在营销组合的框架中进行具体事项的比较分析。

　　4．受众调查

　　当然，目标受众的了解则是整个调查工作的重中之重。除了要了解各层次消费者的需要、性格特点、价值取向等人口统计资料，作为广告创作人，还需要深入他们的消费及生活场景之中去，只有这样，你才能让每一次开口说话（广告词）都直入他们的内心深处，才能更容易地引起他们的共鸣和认同，才能更有效地促使他们去了解，并做出行动。

　　一份完整的调查报告不仅是对事实的陈述，更重要的你还要根据事实作出准确的分析研究，并作出"合理合情"的预测。同一个事实，不同的人自然会有不同的理解，而对广告公司来说，这种不同的理解往往就决定了最终的广告策略和创意表现，所以对事实的把握和理解程度的高低往往是一个广告公司实力体现的主要标准之一。

　　二、广告计划

　　这一阶段的工作是根据广告的目标以及为了达到这一目标的策略，制定创意简报，确定广告创意的方向，并进而形成创意构想。这需要创意团队展开丰富的想象力与创造力。（这一部分内

图 3-4 搭建中的广告牌

图 3-5 选定方向是关键

图 3-6 洽洽食品海外海报 合众智得品牌管理顾问有限公司

容将在下一章中详述）。

编写广告计划是为了给广告活动提供一个行动大纲，对复杂的广告活动的进程安排和实施予以协调，是广告策划中的重要环节。广告计划以经费预算的方式，控制广告时间的长短、广告范围的大小、广告力度的强弱等，使广告活动控制在相应的规模之内。广告计划有一套完整的内容，一般包括广告任务、广告预算、广告媒介策略、广告实施策略、广告设计方案、广告调查和广告效果测定等内容。

广告计划是广告设计的目标与范围，是指关于未来广告活动的规划。它是根据企业的生产目标、营销目标、营销策略和促销手段以及广告任务来制定的，是企业有计划地进行广告活动的规划，也是检验和总结广告效益的根据。

企业的广告计划可分为长期广告计划、年度广告计划和临时广告计划。从内容上看包括调查研究、制定策略、确定广告实施方法等3个环节。广告计划是广告活动的基础，它既有企业形象战略那种3~4年的比较长期的计划，也有像人才招聘那样一次了事的短期计划。但无论是哪一种广告计划都必须经过慎重研究再做决定，因为计划决定活动的基本方向。广告计划的制订要考虑到企业的形象、产品的形象和广告宣传对象的自我形象的一致性。

三、广告预算

广告经费的主要流向是用于媒体发布，因而广告计划的重要组成即是媒体计划，这其中包括确定媒体、选择媒体受众、媒体地区分配、确定媒体评估标准和媒体评价指标等（较为详尽的媒体分析将在最后一章中细述）。如果说广告创意是解决广告"怎么说"的话，那么，选择何种媒体、在何时发布、在何地发布、发布多少量的媒体策略就是解决"在何时、何地说"以及"说多少"和"说多久"的问题。

编制广告预算是企业和广告部门对广告活动所需经费的计划和匡算，它规定了广告计划期内开展广告活动所需的费用总额、使用范围和使用方法。广告花费数据在广告市场通用的"AdEx"是"Advertisement Expenditure"的缩写，其数据反映广告和媒介市场的走势和动态，以及各类别广告投资的此消彼长，除了能帮助广告主和广告代理商确定广告策略和投放情况外，广告花费对于广大电视台企划人员也极具参考价值。广告预算的一般编制方法：

1. 销售百分比法。

按头年销售额、来年预定销售额或二者结合拨出一个百分比的方法来确定广告预算，百分比的大小一般按照行业平均数或企业经验来确定。

2. 利润百分比法。

依照头年或来年的利润划出一定的百分比。

图 3-7 易壶茶活动海报 殷石

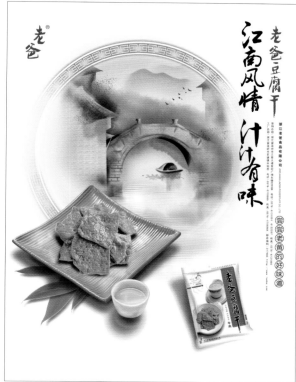

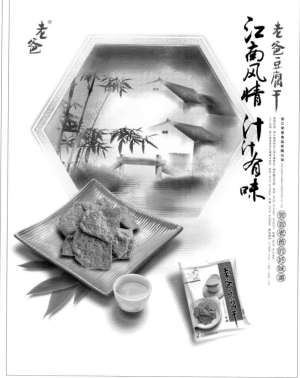

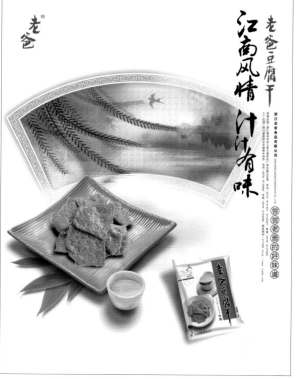

图 3-8 老爸食品江南系列海报 合众智得品牌管理顾问有限公司

图 3-9 百年广告对手

图 3-10 置于店面的吸塑广告

图 3-11 竞争对手_DHL_UPS_Poster

3. 销售单位法。

又叫分摊法，按每箱、每盒、每件、每桶等计量单位分摊一定数量的广告费用。主要用于横向联合广告或贸易协会广告成员之间分摊费用。

4. 竞争对抗法。

又叫自卫法，根据主要竞争对手的广告费数量来确定自己的广告经费。

5. 市场份额法/广告份额法。

按广告在整个行业中占有的与市场份额相对应或超出此量的一定百分比划拨广告经费。常用于新产品上市阶段。

6. 目标/任务法。

又叫预算累进法，分为三步：确定目标、明确战略、预计实施该战略的成本。

7. 试验调查法。

企业在广告预算各不相同的市场进行经验性试验，然后确定一个最佳预算限度。

8. 精确定量模型法。

一般大型广告主和广告公司采用此法，依靠计算机，采用精确的数据、史料和假设。

而没有计划性的任意确定预算金额的广告主，一般是资金有限，又准备推出新产品或新服务的小公司所为。

四、广告决策

整个活动的最后阶段主要针对广告活动的整体过程进行战略性的决策。制定广告策略是在广告宏观战略指导下，为实现战略目标而采取的手段和方法。它包括市场策略、产品策略、定位策略、表现策略、媒体策略、促销策略和公关策略。

在广告战略决策中应将广告目标、广告诉求对象、广告沟通主题等核心问题加以明确。

广告目标是广告活动要达到的具体目的。广告目标可以是短期内以促进销售或唤起消费行为为主旨的短期目标，也可以是增进或改变消费者对产品、品牌认知为目的的长期目标。明确广告目标，是进行广告决策的前提，它是判断广告策略是否得当的标准，也是广告主在广告活动结束后，评估广告成功与否，营销目标实现与否的标准。

广告诉求对象也称广告目标受众。只有在明确商品的目标销售对象是谁的基础上，确定广告的诉求对象，才能集中力量瞄准目标对象进行有效的广告活动。

广告沟通主题是广告为达到某项目的而要说明的基本观念，是广告创意与表现所围绕的主题，也即广告的诉求点，它是广告主与消费者进行沟通的主题。它的制定同时也为广告的创意表现提供了中心思想。

第二节　战略与策略

广告战略是带有方向性的统领，而广告策略则是为实现战略目标而采取的具体手段；广告战略是全局性的，而广告策略仅仅是其中的一个组成部分；广告战略在一定时期内具有相对稳定性，而广告策略则具有更多的灵活性；广告策略要服从广告战略，广告策略是保证广告战略实现的基础。

广告策略是广告策划者在广告信息传播过程中，为实现广告战略目标所采取的对策和应用的方法。具体的广告活动中，广告策略的表现形式是独特的，但通常有如下5种内容的广告策略：

1. 配合产品策略而采取的广告策略，即广告产品策略；
2. 配合市场目标采取的广告策略，即广告市场策略；
3. 配合营销时机而采取的广告策略，即广告发布时机策略；
4. 配合营销区域而采取的广告策略，即广告媒体策略；
5. 配合广告表现而采取的广告表现策略。广告策略必须围绕广告目标，因商品、因人、因时、因地而异，还应符合消费心理。

广告设计策略是广告宣传能否成功的关键。现代广告十分重视设计策略的运用，这是用于加强广告促销力和竞争力，击败对手赢得消费者的重要手段。每项成功广告背后都有一个"策略"、一个强而有力的"销售重点"。这个销售重点是商品给予消费者的"甜头"和"好处"，是说服和诱导消费者，引导他们走向商品的原动力。任何有效的广告策略，其目的都在于影响和改变消费者的"看法"、"态度"和"行为"。成功的广告策略会使消费者看了广告之后，由对商品毫无概念，到对商品产生认识和兴趣，最后采取购买行动。

广告策略报告主要包括以下几项内容：营销目标、广告目标、目标群体、竞争范围、产品定位、消费者承诺、支持点、风格与态度等。其中产品定位是营销和广告战略的核心。"广告就是定位"的口号随着斯特劳斯的定位学说和七喜"非可乐"经典案例的广泛传播一时间被大部分广告人奉为座右铭，而消费者承诺（USP）是广告表现的核心主题，USP的选择方式也有很多，在一般情况下，应尽可能选择对消费者来说重要并需要，对于竞争产品来说具有优势的利益点，作为对消费者的利益承诺。

卖广告，永远是卖"商品好处"而不是"商品特征"。消费者在购物过程中十分实际，他们对商品带来的"最终好处"，往往比商品的"功能"、"特性"更感兴趣。例如购买欧洲名牌时装，不是要买欧式剪裁或款式，而是要买出人头地的"虚荣感"；购买高级轿车，不是买运载工具，最终是要买"面子"或"地位显示"。基于以消费者购买时的选择特点，在拟定广告策略时不能把商品的"功能"与"特性"误作为最终的"好处"与"利益"。而要把商品真正给予消费者的"好处"与"利益"作为"销售重点"，才能有效地对消费者予以"心理攻击"，最终

图 3-12 澳洲皇家水上救生协会警告大家，很多成年人都因为喝酒而溺水死亡。
Advertising Agency: 303 Group, Perth, Australia
Creative Director: Lindsay Medalia
Art Directors: Richard Berney, Bryan Dennis
Copywriter: Davood Tabeshfar
Photographer: Electric Art
Retoucher: Electric Art
Published: January 2009

赢得他们。

　　广告策略能否配合S=3s成功广告之模式，S=Success（成功广告效力），三个小s等于导致广告成功的因素。如果广告策略能符合S=3s，则就有获得成功之把握。

Strategy—Orientatation（广告销售重点）

Simplicity（广告销售信息简洁清晰）

Speed—Orientatation（广告销售信息快而准，正中目标消费者下怀）。

　　现代广告设计是广告策略的深化与视觉化表现。之所以要做广告，目的在于追求最终广告达成的效果，而广告效果的优劣，在于广告设计的成败。广告活动的成败与市场营销有极大的关系，广告设计不能只偏重于视觉表现，而不重视营销问题。广告设计师只有具备相当的策略意识，重视广告设计上的一些策略性技巧的运用，才能适应千变万化的市场情况，出奇制胜，取得成功。广告策略相当于枪支上的瞄准镜，而广告设计是子弹，瞄准镜指导子弹向什么方向射击，只有策略瞄准了目标，设计才有可能击中对手。广告策略指导广告设计，没有成功的广告策略就不可能出现有效的广告作品，良好的广告作品是依靠对产品、市场、消费者需求、企业营销策略的研究与分析而精心策划出来的。

图 3-13 广告拍摄现场——孙鹏提供

第三节　实施与评价

实施阶段将在广告主肯定了广告策划案后由广告公司展开，以广告表现和媒体计划的落实为重点。具体的广告活动的实施包括：

1. 制订计划（活动任务推进表，项目推进表，前期广告宣传计划）。

2. 确定方案（包括备选方案）。

3. 与各大媒体谈判（软硬新闻、商品广告、有偿新闻的报价与发布等）。

广告由创意方案到最后的成品，必须经过设计、制作、摄影、剧务等多环节的人员的配合才能保证工作顺利进行。广告表现由广告创意与设计制作部门合作完成，最后以平面或影视作品等形式体现。

成功的广告设计策略的拟定，离不开以下几项要点：

从市场调查资料中，经过提炼分析，找出一些重要的"购买动机"与"商品好处"。

从众多的购物动机中，经过研究分析明确地拟定一个最终的、最为关键性的购物动机。

从众多或几个商品好处中，明确地找出一个最强、最有力、最能适合消费者需要的商品好处作为"销售重点"确立广告策略。

以目标消费者的"立场"、"利益"、"价值观"及"语言"为中心，十分鲜明简洁地把商品的"最终好处"传达给他们。广告设计策略下来后，要认真衡量一下广告策略表达的"最终好处"是否比"商品好处"更为突出而又分量。评价阶段的工作是对广告是否按计划实施进行检查和确认，同时，也对广告发布后的传播效果和促销效果进行市场调查和评估。

广告传播效果评估主要由广告心理效果评估、广告销售效果评估和媒介效果评价三个部分组成。心理效果评估是针对消费者

图 3-14　广告角色塑造——孙鹏提供

而言的，是以广告的到达率、知名度、消费者偏好及购买意愿等因素为衡量依据；销售效果是对广告主而言的，是以广告对产品销售的影响为依据的。媒介效果是对各类媒体广告投放效果进行分别评价，分析其效果优劣。

广告竞争是市场竞争的一个重要方面，为在广告活动中获得更好的效益，在广告策划的基础上，还要在广告设计上具有一定的策略意识与策略方法。广告策略现已成为现代广告活动成功与否的关键，成为企业竞争，开拓市场，促进销售的重要武器。

作业：

1. 分小组进行一项产品的市场调查，写出报告并作交流。
2. 分析一对竞争对手的广告，列表展示两者之间的差异与成败得失。
3. 虚拟一项广告设计任务，研究并制定出相应的对策。
4. 对某品类系列广告设计作全面评价（需结合市场要素）。

图 3-15 The Roy Castle Lung Cancer Foundation
（罗伊肺癌基金会），多少儿童都在吸二手烟！
Advertising Agency: Chi & Partners, London, UK
Creative Director: Ewan Paterson
Art Directors / Copywriters: Clark Edwards, Nick
Pringle
Photographer: Kelvin Murray
Account Director: Melanie Portelli
Planner: Sarah Clark
Typography: Dan Beckett, Craig Ward
Published: December 2008

 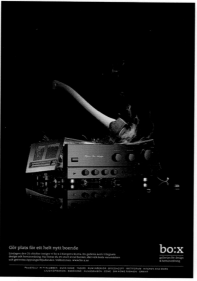 

图 3-16 是一家从事室内设计的家具购物中心，他们想打破你家原样，重新设计你的家

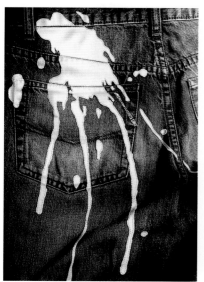  

图 3-17 奥妙洗衣粉，修补你的衣服。
Advertising Agency: LOWE, Shanghai, China
Creative Directors: Ng Tian It, Thomas Zhu
Art Directors: Liang Hai, Zhou Xiao Dong
Copywriter: Frank Zhao
Photographer: Alex Kaikeong
Published: December 2008

图 4-1

第四章　广告创意

▶ 学习目标：
掌握创意简报的编写与设计工作中常用的创意方法的应用。
1. 创意简报的内容与结构的掌握。
2. 创意方法的概念的了解与思维训练。

▶ 学习重点：
创造性思维的训练方法的具体演练。

▶ 学习难点：
思维训练与创意的视觉化表现手法。

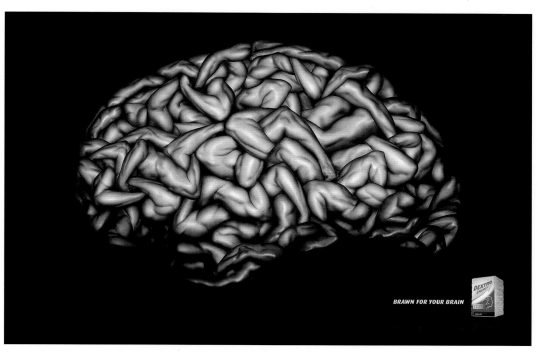

图 4-2

　　大卫·奥格威（David Ogilvy）曾经说过，"给予创意部门的简报愈是精简，创意的空间则愈大"。这个是事实，当你分析所有获奖的好广告，都是反映出一种策略性的信息，其中包括这个广告诉求的对象，广告信息与广告利益点。这些都是与竞争品牌的诉求点有分别的，而在创意表现手法里显示自己品牌/产品的独特性。

　　广告设计离不开艺术想象，广告的设计创作过程，就是以形象思维为框架，展开各种有关的艺术的创造性想象的过程。对艺术形象的创造性发挥与巧妙运用，是广告艺术生命力的所在之处。创造性想象以独特性、新颖性与奇异性为主要特征，在广告设计中经常会创造出震撼人的力量和无比的说服力。

图 4-3

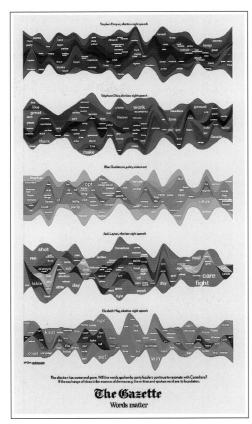

图 4-4 语汇的复杂性

▶ 第一节　创意简报

广告创意及表现是整个广告策略计划的一部分，是在广告策划阶段进行的主要内容和重点内容之一，因此它需要不断与客户沟通，以确认创意提案的可行性。在此阶段工作的起点是按照广告策略清晰明确地制定创意简报，这可以被看做是生成创意的基础框架。

创意简报（Creative Brief）的最主要目的在于：为设计主创人员提供一个简洁又明确的诉求方向、沟通方向、创意方向。在国际层面的广告创作过程里，"广告简报"与"创意简报"是很被重视的。有一些大企业可以在这个步骤里来往探讨其精确性与策略性达一年之久，才会决定方向而继续广告创作。创意简报的重要作用在于，首先，它为创意团队提供了客户、品牌、产品或服务、目标受众和市场相关的重要背景信息；其次，它充分明确了广告的主旨和目标，并重点突出了广告所要传递的信息或建议，为创意团队提供了方向性指导的信息。创意简报的内容大致包括十个方面。

一、背景介绍

这其中需要提供所有关于品牌、产品或服务的基础信息，以及在此之前采用的广告交流方式、市场状况、市场竞争者和品牌的市场占有率，还应列出该品牌、产品或服务所面临的问题，以此确定采用新广告的原因。创意简报，绝对是有市场根据并且逻辑清楚的，并来自于整体品牌策略的总体规划，是简明扼要并且强而有力的。

一份完整的创意简报包括：品牌分析、营销目的、电视频道的现状分析、目标观众分析、竞争对手分析、观众利益点、包装风格方向等多项内容。简报是整个广告制作过程的起点，因此，写简报，绝不是写了就不能改（自我设限）。每一份简报，几乎每次都由参与的人员（包括创意、媒体、市调）共同改进和发展。通常，如能列出两个以上的简报大纲以供选择，会有很大的帮助，然后再决定（例如在核心小组会议时）哪一个大纲最值得进行发展。

二、广告目标

其中需要列出通过广告所要达到的目标和目的，它可能是销售数字的提高或是品牌认知度的提高；也可能是用某些事情教育或引导受众等等。无论目标是什么，重要的是要将它们在大纲中清晰简单地表述出来。

许多公司业务繁忙，可以沟通的机会就是碰头的一刹那。所以愈是"精简的简报"（BRIEF BRIEF）愈是受欢迎；而且，这个简报还需要上呈下达，若是太复杂的话，根本沟通不了。

三、目标受众

在大纲里，需要将广告策略里决定了的目标受众进一步了解清楚，包括一些细节信息，例如他们的生活方式、兴趣、信仰、追求、期望、从事什么工作、行为方式、思维方式等，因为，创意团队对于自己目标群体的了解是非常重要的。然而写出好的简报绝非易事，不可草率成事，在没有拿给资深业务人员看过以及客户方面交流之前，不应该直接交给创意及媒体部门。

简报的目的其实很简单：

1. 为客户创造更有效的广告。这对各方都有益。

2. 为设计师制定一个正确的方向。创意人员或许会选择也可以不采纳而走另一条不同的路线，只要最终达到目的也可以的。

四、期待态度

即希望目标受众对于广告作何反应，有何感觉？

广告简报的内容一定要准确，分析度高，有观点，有策略性。否则便会是一堆没有处理过的事实；当然，还有很多情况下广告公司拿到的不仅不是可靠的事实，甚至有一些还是虚构的推理与主观的意见。创意据此作出的设计往往会偏离主题。

五、广告主题

即广告的"诉求点"——在人们接触到广告后，你希望他们记住的最为重要的单一信息。这单一信息正是广告所要传达的信息的本源。广告诉求点必须是明确的，同时能够为客户提供购买和使用的理由。或许有的产品或服务具有很多特点，但是我们必须从众多的选择中决定一个最为重要的特点。因为社会人每天都要接触成千上万的广告，广告信息的传递需要经层层过滤后才能达到。受众需要的是一条他们可以清晰记忆的、强有力的购买理由，而不是一长串的优点介绍。因而，如果你试图传递大量的信息，那么你有可能什么信息也传递不了。一般来说，广告诉求点的寻找可以从三个方面入手。

1. 产品角度

广告诉求的主题可以围绕产品展开，目的是告知并推销产品的独特功能与品质，为消费者提供了何种功能与价值，满足了他们何种需要，与同类产品或服务相比有何优劣势等。具体切入点的寻找可以从产品的功能、特性、品质、价格入手，也可以从产品的外形、颜色、气味、状态等因素入手。

2. 消费者角度

以消费者为创意的出发点，以消费者常说的话、常做的动作、常见的生活情景向人们展现因商品的拥有而带来的生活观念和生活状态。这种表现形式，将广告诉求寓于生活化的场景中，用充满人情味的情节展开，激发广告受众内心最深的情感。例如，女性化妆品广告多选择明星为代言人，以显示化妆品为女性的形象所带来的自信与美丽。但联合利华旗下的多芬（Dove）品牌，却反其道而行之，采用普通女性消费者为代言人，塑造真实的美丽。

图 4-5 超市是广告竞争重点

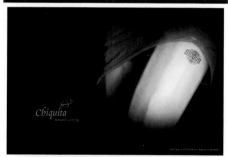

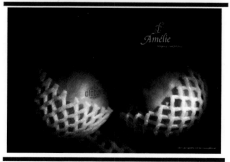

图 4-6 暗示性水果品牌广告

3. 品牌形象角度

以品牌的个性、形象、观念、主张、态度、文化为广告的诉求点，以长期统一的诉求风格或形象风格保证策略的贯彻和执行。目的在于建立独特的品牌形象识别，在消费者心中形成品牌认同。如麦当劳"我就喜欢"系列广告；贝纳通一贯以不同种族、不同肤色的模特为广告主角；耐克多以著名运动员为广告代言人等等。

广告主题是广告的灵魂，它决定着广告设计的其他要素的运用。鲜明地突出广告主题，能使消费者接触广告后就理解广告告诉人们什么，要求人们去做什么。确定广告主题，必须要突出和体现广告战略决策，集中反映广告信息个性，并适合消费者的心理。

六、提供证据

大纲的这一部分需为广告的宣言提供足够令人信服的证据，因为广告的观众需要一个让他们相信的理由。这些证据可以是单纯的品牌事实和数据：例如产品的工作原理、产品材料的科学数据、产品使用者的证言等等。如果你需要表述品牌的某种令人惊奇的特性，就需要以一种能够让世界上最苛刻观众相信的方式来提供这些信息。创意团队的责任是以一种原创的、令人记忆深刻的方式传递信息，同时这种传递或表述的方式能使广告的诉求点具有强烈的可信度。

七、广告基调

这是指整个广告所营造的情绪氛围，例如，浪漫温情式的、轻松幽默式的、严肃说教式的、悲伤沉重式的等等，这些都是广告表述的必要选择。广告基调的选择范围非常大，它们的使用有助于强调品牌的某一特性，

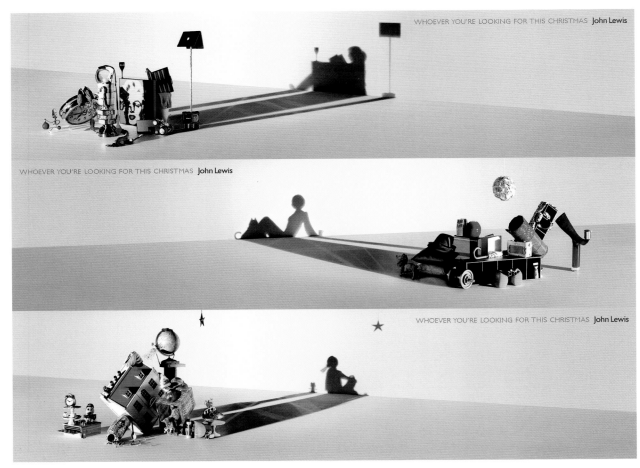

图 4-7

或有助于你和观众建立起一种私人化的情感。

八、媒体要求

不同的媒体，对广告制作的规格、形式和周期也不尽相同。媒体计划在这一阶段的工作是与各媒体公司进行交涉，购买媒体的时段与版位，然后，将制作完成的广告稿送交媒体公司，进行发布或播出。这一部分需列出广告发布所选用的媒体以及媒体要求，如尺寸、片长等制作规格。

九、强制元素

即规定广告中必须出现的所有元素。通常包括客户的商标标志、既定广告语、网址、电话或其他联系方式及任何法律要求的信息。企业的标准色、标准字体、特定代言人形象以及广告的基本风格的使用都应考虑在内。

广告创意与设计中不得出现侵犯问题。这包括两个方面，一是广告主利用广告造成于竞争对手不利的不公平条件；二是广告主利用广告使消费者错误地消除消费决策中的不确定因素。广告侵犯分直接侵犯和间接侵犯两种类型。直接侵犯是指广告对竞争者或特定消费者造成的直接利益伤害；间接侵犯是指广告行为者借助信息加工技术的可变性，人为消除或增加信息的不确定性，从而对竞争者或消费者施加不正确的影响。

十、文本特性

创意简报的制定不但有可能激发你创意的灵感，而且还能够集中提供广告受众的相关信息，因此在创作的过程中，创意团队需要不时地比照创意简报，以避免自己的设计可能偏离应有的轨道。因为一般情况下，灵感获得所引发的兴奋是很容易让人们忽略掉广告的原始目的的。

简报的文本特性应该从有客观性、挑剔性、分析性和创意方面着手。

1. 客观性

我们的策略必须有凭有据，不能全靠主观的意见。可能需要问些问题，而其答案往往会使简报更合理。

2. 挑剔性

你必须核对事实，甚至对过去的假定质疑。（以前的假设很可能就是造成今天的问题的原因。）甚至还有要求作研究调查的必要，以测试假设和处理方式。

3. 分析性

"如果你要把简报当做一张海报来写，你会怎么说？"这就是好的法则。

4. 创新性

不要让资料和事实把简报搞得沉闷、笨拙。尽量以不同的见解和观察角度来启发媒介和创意人员。

图 4-8 彪马，新材质，难道是蜂蜡做的?

图 4-9 Sony的优质耳机，让你听到更多

图 4-10 Canon的三脚架创意

第二节 创意方法

创新性原则是广告创意最鲜明的特征，是广告获得成功的要素之一。因为与众不同的新奇感受总能触发消费者很大的兴趣，并能给消费者留下深刻的印象。创新性原则要求设计师善于突破传统模式，敢于创新。当然，也不能一味求新猎奇，导致内容空洞，与产品相差甚远，所以创新必须根据广告策略，围绕广告目标来进行。

创意从何而来呢？

唯一的答案就是——从产品中来，到消费者中去。

一、创意思维与头脑风暴

我们为何做广告？就是因为有产品要卖出去，而且想把它卖得很好，卖得比别人好。

产品是我们做广告的基础，也是最终目的，那么，广告创意的思维当然是从这个中心点开始散发；同样的道理，我们是卖东西给消费者，只有了解他们的所需所想，广告的声音传出去才能被接收。

广告人的思维习惯和思维方式直接影响着广告创造活动的形成和发展。在广告教学中运用科学的教学理念和方法、有意识地激发和培养学生的创新性思维，帮助学生树立科学的思维方式，提高其对客观事物的分析和操作技能，为社会培养具有创新意识、创新精神和创新能力的广告人才。

关于创意思维的流程，目前有"四阶段"、"五阶段"、"七阶段"说，总体说来大体要求是一致的，只是细分程度不同。本书采用当代著名的广告大师詹姆斯·韦伯·扬（James Webb Young）的理论，将创意过程分为五个步骤：

图 4-11 夸张不可能_joymain

图 4-12 广告的幽默语言运用

图 4-13 Aquafresh牙刷广告，杀灭口腔里面的细菌，让细菌无处可逃。（Aquafresh是专业口腔护理品牌，该产品是美国排名前三位的牙膏品牌。）
Advertising Agency: Grey, Hong Kong
Executive Creative Director: Keith Ho
Creative Directors: Brian Ma, Alfred Wong
Art Director: Brian Ma, Leo Yeung
Copywriter: Alfred Wong, Tony Chan
Photographer: Anton Digital Art Ltd

1．收集资料

2．分析资料

3．酝酿创意

4．产生创意

5．验证阶段

头脑风暴是广告创意行业最常见的创意激发的方法。

具体的训练过程可借助相关实例，扩展对学生的发散思维训练，使学生充分运用丰富的想象力，调动积淀在大脑中的知识、信息和观念，重新排列组合，从而产生更多更新的设想和方案。例如：让学生打破框框，在纸上列出曲别针的各种用途，在10~15分钟的脑力激荡后，把曲别针的特征要素如材质、重量、体积、长度、弹性、直边、弧度等罗列出来，与学生一起寻找可能性，达到发散思维的目的。

头脑风暴的有效性在于规则的执行力：

1．鼓励一切想法，不管是逻辑的还是非逻辑的。

2．在开始阶段不要对任何想法提出批评。

3．尽可能地多想出点主意来。

4．每一名团队成员都要试着聆听或思考他人的想法。

二、联想与训练方法

广告的创造性思维是发散到集中，再发散、再集中的循环往复过程。抽象概念训练的方式可以提升学生的发散思维能力。用什么样的形象元素表现抽象的概念，在给学生没有介绍原创方案之前，可以尝试让学生独立思考，用发散、聚合、水平、垂直等多种思维方法，让学生充分发挥想象，联想一切与新鲜有关联的事物。通过不断的脑力激荡，找出有创意的方案。通过这样的启发诱导，激发学生的灵感和想象，使学生在受到某种触动时自然而然地把思考范围拓展开去，多向散射而使思维极具活力。

联想是由一事物或概念想到另一事物或概念的心理活动，实质是发散性的思维活动。主要应用于资料收集和资料加工阶段。可以拓宽信息收集的面；也可以帮助资料加工时建立资料间的联系，促成交叉、多维的分析。这种思维方式还有利于创意定位的确立和创意灵感的形成。如由洗衣粉去渍力强的定位，可以依次联想出手洗衣→累→束缚→奴隶→枷锁。碧浪洗衣粉的枷锁篇，就是在这种联想中形成的创意："为解开手洗的束缚，碧浪特有的漂渍因子，为您带来一如手洗的洁净效果，从此不用再做手洗奴隶。"这句广告词为我们展示出其联想创意的过程已经涉及了联想思维四种方式中的三种：连带联想、相似联想和因果联想。从洗衣粉去渍→手洗衣，属于连带联想；从手洗衣→累，属于因果联想；从累→束缚，又属于连带联想；从束缚→奴隶，属于相似联想；从奴隶→枷锁，又属于连带联想。由此可见联想思维可以帮助创意定位拓展出新的相关概念，触发好的创意灵感。

基于联想思维的作用和特点，我们可以采取"联想风暴法"

进行训练。"联想风暴法"指以某事物或概念为起点进行发散思维，发散的内容可以用Mind Map（思维导图）的形式固化出来。具体有两种训练方式：

一种是在规定的时间内进行训练，如在30秒内以"脐橙"为起点进行发散训练：（1）脐橙→美味→营养→乳汁→乳房→人体；（2）脐橙→太阳→幸福→战争→手雷；（3）脐橙→果树→肥料→劳动→丰收→成熟→孕育→孕妇→美丽→幸福；（4）脐橙→肚脐→脐→其→棋→骑等。在联想的过程中不需要考虑太多合理性，顺着感觉想下去，越多越好。

另一种是按照联想思维的四种方式进行训练，不规定时间，追求联想出的概念或事物在连带联想、相似联想、对比联想和因果联想四个方面都有，进而促成新概念的拓展。后者注重突破个人习惯某一思维方式的束缚，培养更全面的联想思维习惯，突破定式思维。在这特别强调对比联想中的逆向思维，它往往可以使创意产生意想不到的震撼，如众多卫生巾的广告都采用女性为代言形象，而宝洁公司的AlwaysUltra卫生巾广告曾采用男性来代言，关爱与温情跃然画面，诉求的情感力度比女性代言时更具人性化，产品的受众群体也扩大到了那些欲做好丈夫的男性身上，这种突破常规的创意也使得任何一个浏览该广告的人过目不忘。

广告创意必须与品牌、产品、目标相互关联。消费者通过广告能对产品或企业产生一定的联想，将消费大众的需求转化成消费行为的动机，起到潜移默化的说服作用。现代广告设计都重视品牌和企业形象的创造，商品的心理价值是品牌与企业的印象，也包括消费者对产品主观评价，因此，如何通过广告创意使消费者对产品、品牌产生良好的印象，已经是现代广告设计的重要课题。

三、视觉化表现手法

广告作品诱导公众接受广告信息的方式。广告表现策略，是广告定位、公众心理研究和广告设计的有机结合，也可以说是定位策略、市场策略、心理策略乃至媒体策略的综合表现。广告表现策略是多种多样的，经常运用的有：

利益导向策略——利用消费者注重自身利益的心理特点，着重宣传广告产品能给他带来的好处。

情感导向策略——广告宣传侧重调动公众的某种情绪，比如设置享用产品的某种情景，从而激发消费者的购买欲。

观念导向策略——侧重宣传一种新的消费观念、生活观念，借以扩展消费者的视野，开拓其需求领域，为新产品创造市场。

广告的视觉化表现手法包括：

1. 比喻

采用比喻的手法，对广告产品的特征进行描绘，此方法尤其适用于抽象概念的表达。

2. 夸张

夸张是为表达上的需要，对客观的人、事物尽力作扩大或缩小

图 4-14 Apple啤酒，用真正的苹果制造

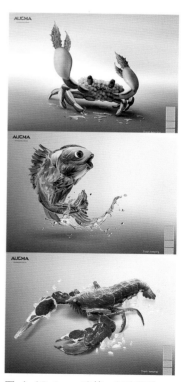

图 4-15 Aucma冰箱，保持新鲜

的描述。广告创作中，基于客观真实的基础，突出描写对象的某些特点并加以极端夸大，具有强烈的戏剧性、趣味性。夸张方法的运用分为情节上的夸张，如：人体比例上的夸张。

3．对比

对比是广告创意的常用手法，是一种趋向于对立冲突的艺术美中的最突出的表现手段，将性质不同的要素放在一起相比较，在强烈的反差中强调或提示产品的性能和特点。表现对比的特征有色彩、方向、形状、大小、数量、新旧、质感、气氛、情绪等。

4．拟人拟物

拟人拟物即是把一些非人类的物象当成具有人类思想感受、语言能力、行为特征的生命，将事物的形象和人的行为思想等特征联系起来，显得人性化、更亲切、易理解，有利于信息的传达。

图 4-16 运用色彩、图形强化产品特色

第三节 广告人特质

"欲速则不达",但广告人的效率却要越高越好。策划与设计高手,能以相同的模式拟定各式各样的方案。具备及时反应能力,是成为广告高手的首要条件。广告人的素质应该是全方位的,就其重要性而言,应包括以下几种能力:

1. 浓缩情报

在目前信息泛滥的时代里,具备浓缩信息的能力非常重要。对时代趋势的把握如何?自己该如何反应?市场状况怎么样?该如何促销商品以及如何了解顾客的心态等,都必须有所了解,才能制定出对策。因此,广告人高手总能在极短的时间内,使对方理解自己的广告人对策,以拥有共同的情报。

2. 图形思考

广告人习惯于以插图或流程图、系统图来辅助说明。不论是开拓新的业务或销售体系、促销系统、传达复杂的信息、供销情形及人们的活动等,都有必要采用图形说明。图形可以清楚地表现创意过程和思维结构。为使共同的事业顺利发展,且相关人员都理解,就要多利用图形以达到目的。在现时代,规模较大的企事业单位都须具备电路图般的系统机构。所以,图形感觉是非常重要的。

3. 瞬间想象

联想力是创造的源泉。想象力超群,也是广告高手的特色之一。面对任何抽象的事物,都能在瞬间赋予整体性的形象。这与图形感觉一样,无论在经营、事业、商品等方面,都需要以想象力来思考整体的情况。能带动奇妙的感性设计。拥有多方面的好奇心,是广告专家具备的典型特征。

4. 前瞻思维

必须具备前瞻性的洞察力和明确的概念,对未来的概念要清楚。

5. 综合能力

目前,广告人一直朝系统化的方向发展。大多数人认为广告人必须有独创性,但必须当系统化完成后,独创性才会有实际的作用。一个具有独创性的广告人高手,必须具备卓越的系统感觉。单纯割裂地思考,无法充分发挥综合作业的能力,对工作繁忙的人来说,一天二十四小时已不够使用,如何有效地利用时间,综合作业的程序,是作为一个广告人必须学习的重点。这其中包括综合现在与未来工作的能力、综合并列工作的能力、综合不同工作性质的能力、综合兼具软性硬性工作的能力等。将自己所具备的知识瞬间组合,拟定各种提案,描绘目前与未来的远景,这才是广告人成为专家的必由之路。

作业:

1、完成一个案子的创意简报,注意格式完整、文字通顺。

2、以某产品的广告创意为主题,进行创意方法的应用练习。

3、以小组的形式讨论广告人的从业素质与其性特质。

图 4-17 brain- information

图 4-18 广告口号情境化展观

图 5-1 靳埭强·身度心道 书籍封面

第五章　广告执行

▶ 学习目标：

通过本章的学习，了解文案与美术指导等职位的具体的工作职责、工作内容和工作步骤。对于完稿的标准要把握准确。

1. 能开始独立的广告文案的写作工作。

2. 掌握美工的实作技能。

▶ 学习重点：

广告设计的完稿原则。

▶ 学习难点：

优秀广告设计的文案与设计的比重在创意制作中的体现。

图 5-2 靳埭强·身度心道 书籍内页 2006 孙鹏设计

广告设计的构成要素包括语言文字和非语言文字两部分。语言文字部分包括广告标题、广告正文以及商标和公司名称等；非语言文字部分包括广告构思、广告形象及衬托要素等。广告设计就是创造性地组合上述诸种要素，使之成为一件完整的广告作品。在广告设计过程中，何时强调非语言文字构成要素，何时强调语言文字构成要素，要视不同的诉求条件而定。当所要出售的产品注重外形，欲使产品造成人们情感上的联想时，就要强调广告的非语言文字的表现；而当产品很注重事实，特别是新产品的叙述部分很重要时，就要强调广告的语言文字的表现。

广告公司企划部（设计部门）通常由创意总监（设计总监）、文案和美工三人组成，但在许多的公司内部这样的建制却通常不完整，但基本上会包括文案和美工两人。实际工作开展过程中，有时是文案充当总监领导美工完成创意与设计；有时则以美工（美术指导）的工作为主，安排文案完成扫尾工作。

▶ 第一节　文案

广告公司里常常提到的文案既指工作人员(advertising copy writer)，也指该工作人员的工作内容（advertisement）。

任何广告作品都离不开用语言文字来传达产品的信息。广告文案是应用文体中一种特殊文体——撰写广告文案必须服务于广告目的，同时要依据消费者购买行为心理学的法则。首先要能够引起消费者的注意，获得他们的好感，然后诱发他们潜在的需求和欲望，最终促成他们采取购买行动。

广告文案主要由广告标题、广告标语、广告正文、广告口号等内容组成。对于广告设计专业而言，应主要侧重于广告标题和广告标语的创意与设计。广告标题是广告文案中最重要的部分，犹如画龙点睛，起着直接吸引注意的作用。广告主题在广告作品中大多以标题的形式出现。广告标题是表现广告主题的短句，应排列在能够最快被人注目的位置。标题应具有图形化的视觉效果以及文案的说明效果，既要注意标题字形的选择，又要注意其文案内容的可读性。最佳的标题是图像的补充，而不是图像的单纯描述。标题应该是图像寓意的引申。在广告界，有"好的标题，等于广告成功了一半"的说法。广告标题要求主题鲜明、言简意赅、个性独特，另外，标题的字体、字形和位置等方面都应考虑视觉效果，因此要求标题引人注目。广告标语又称广告口号，在广告中的作用在于通过反复使用给人以强烈的印象，使广大消费者理解并记住一个确定的观念，使这个观念在无形之中成为消费者进行购买时的选择依据。

最早获得纽约文案俱乐部所颁发的"杰出撰稿人"荣誉之一的乔治·葛里宾曾指出：成功的文案，必须具有吸引消费者将全部文案读完的艺术魅力。因此，广告文案要求目标明确，通俗易懂，真实可信，生动形象。

奥格威的文案要求：

1. 不要期待消费者会阅读令人心烦的散文。

2. 要直截了当地述说要点，不要有迂回的表现。

3. 避免"好像"、"例如"的比喻。

4. "最高级"的词句、概括性的说法、重复的表现，都是不妥当的。因为消费者会打折扣，也会忘记。

5. 不要叙述商品范围外的事情，事实即是事实。

6. 要写得像私人谈话，而且是热心而容易记忆的，就像宴会时对着邻座的人讲话似的。

7. 不要用令人心烦的文句。

8. 要写得真实，而且要使这个真实加上魅力的色彩。

9. 利用名人推荐，名人的推荐比无名人的推荐更具有效果。

10. 讽刺的笔调不会推销东西。卓越的撰文家，不会利用这种笔调。

11. 不要怕写长文。

12. 照片底下，必须附加说明。

真正重要和有效的广告文案并不需要长篇大论，试看下面这一则大家很熟悉的案例：

产品/品牌：平安保险

篇名：地名篇

广告目的：

中资保险公司面临外资保险公司的竞争压力，面临新的挑战。此片旨在通过电视广告表现平安保险的差异化优势，即：平安保险是真正扎根中国土地，切实关心中国人民生活，与中国老百姓同呼吸、共发展的保险公司。

　　广告策略：

　　"中国平安，平安中国"

　　创意概念：

　　借用穿越时空，跨越中国大地东西南北的平安地名，昭显中国老百姓对平安的渴求以及平安保险与中国这片土地的联系，同时传递出平安3A服务(Anytime、Anywhere、Anyway)的精髓，以建立中国平安保险无时无刻、无所不在的差异化品牌形象。

　　创意手法：

　　通过实景拍摄中国具有"平安"地名的土地上，人们安居乐业、平安祥和且富含意味的场面，传达出我们衷心的祈求："中国平安，平安中国"。

　　总体特色：

　　这条广告片以中国许多用"平安"命名的地方贯穿起来，与平安保险的宗旨相吻合。突出各地、各族民众对于"平安"的美好愿望，广告语"中国平安，平安中国"带有祈福的口吻，与广告片选择的投放时机（过年时）一致。同时，这条广告画面节奏的把握以及音乐的使用使广告增色不少。

图 5-3 长江艺术与设计学院06届毕业生作品集 2006孙鹏设计

图 5-4 以文案为主的广告创意

图 5-5 以口号为主的广告创意

图 5-6 令人惊异的图片处理

第二节　美术指导

"美工"一词源自日本，大抵通过港台传至内地。该工作人员常与文案一起在创意总监的领导下一起工作。在"非文案先行"的公司里，从事设计的美工自然居领导地位，被称为美术指导（或艺术指导）。

构成广告设计画面的素材大致一致的，因媒体、诉求角度或商品相异而有所不同。现仅以平面广告设计进行论述。任何平面广告设计作品，无论是报纸、杂志广告、招贴、邮递广告或是其他平面广告形式，都是由某些素材的取舍、安排、配置或构成而成，这些素材都可成为平面广告的构成要素。

文案与美术指导在交流过程中需完成的设计通常包括：

1. 布局图（layout）

指一条广告所有组成部分的整体安排：图像、标题、副标题、正文、口号、印签、标志和签名。

布局图的作用包括：

首先，布局图有助于广告公司和客户预先制作并测评广告的最终形象和感觉，为客户（他们通常都不是艺术家）提供修正、更改、评判和认可的有形依据。

其次，布局图有助于创意小组设计广告的心理成分——即非文字和符号元素。精明的广告主不仅希望广告给自己带来客流，还希望（如果可能的话）广告为自己的产品树立某种个性——形象，在消费者心目中建立品牌（或企业）资产。要做到这一点，广告的"模样"必须明确表现出某种形象或氛围，反映或加强广告主及其产品的优点。

第三，挑选出最佳设计之后，布局图便发挥蓝图的作用，显示各广告元素所占的比例和位置。一旦制作部经理了解了某条广告的大小、图片数量、排字量以及颜色和插图等这些美术元素的运用，他们便可以判断出制作该广告的成本。

因此，在设计广告布局初稿时，创意小组必须对产品或企业的预期形象有很强的意识。最终使设计在目标受众的心目中留下不可磨灭的印象，为品牌添加价值。

2. 小样（thumbnail）

这是美工用来具体表现布局方式的大致效果图，很小（大约为3×4英寸），省略了细节，比较粗糙，是最基本的东西。直线或水波纹表示正文的位置，方框表示图形的位置。然后，中选的小样再进一步发展。

3. 大样（detail）

在大样中，美工画出实际大小的广告，提出候选标题和副标题的最终字样，安排插图和照片，用横线表示正文。广告公司可以向客户——尤其是在乎成本的客户——提交大样，征得他们的认可。

4. 末稿（comprehensive layout/comp）

到这一步的制作已经非常精细，几乎和成品一样。末稿一般都很详尽，有彩色照片、确定好的字体风格、大小和配合用的小图像，再加上一张光喷纸封套。现在，末稿的文案排版以及图像元素的搭配都由电脑来执行，打印出来的广告如同四色清样一般。到这一阶段，所有图像元素都应最后落实。

5. 样本（Catalogue）

样本体现手册、多页材料或售点陈列被拿在手上的样子和感觉。美工借助彩色记号笔和电脑清样，将硬纸按尺寸进行剪裁和折叠。手册的样本通常是逐页装订起来的，看起来同真的成品一模一样。

6. 版面组合（Picture Package）

交给印刷厂复制的末稿，必须把字样和图形都放在准确的位置上。现在，大部分设计人员都采用电脑来完成这一部分工作，完全不需要拼版这道工序。但有些广告主仍保留着传统的版面组合方式，在一张空白版（又叫拼版pasteup）上按各自应处的位置标出黑色字体和美术元素，再用一张透明纸覆盖在上面，标出颜色的色调和位置。由于印刷厂在着手复制之前要用一部大型制版照相机对拼版进行照相，设定广告的基本色调，复制件和胶片，因此，印刷厂常把拼版称为照相制版（camera-ready art）。

在设计过程的任何环节——直至印刷完成之前——都有可能对广告的美术元素进行更改。当然，这样一来，费用也可以随环节的进展而成倍地增长，越往后，更改的代价就越大。

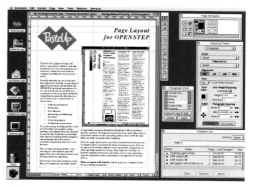

图 5-7 PasteUpScreenShot

图 5-8 Digital_Flatbed_Inkjet_Printer

图 5-9 样本

图 5-10 简明的口号free-speech-coalition-winston-no-cheques

图 5-11 大平油脂海报 合众智得品牌管理顾问有限公司

第三节 完稿原则

广告从发想到完成的全过程本身是系统而科学的，对于成品质量的把握更是整个广告活动是否顺利和成功实现的关键的最后一步。虽然每个公司都有各自不同的技术规范，但大体上归结起来还是有以下几点共同的准则的。

一、诉求准确

广告设计第一原则应是寻找"核心卖点"即广告的诉求点。能体现核心卖点的创意才是广告需要的创意，只有在广告策划指导下的创意，才能保证诉求的方向不会偏差。一厢情愿地自娱自乐，随性所至，在纯粹的艺术创作中可以，但在广告中对品牌的伤害是毁灭性的。设计与纯粹艺术的区别就在于此，画家的思维永远不能指导设计。设计创意是"戴着镣铐起舞"，而且还要跳得让人感觉"轻松"。

诉求点的提取，在广告设计过程中就是产品异质化的寻找。不怕有缺点，就怕没特点。在各行各业中异质划分成几种情况：

1. 产品本身没有多少差异，完全靠广告公司的操作，这就要有大量的投入；

2. 产品本身有特点，还没有挖掘出来；

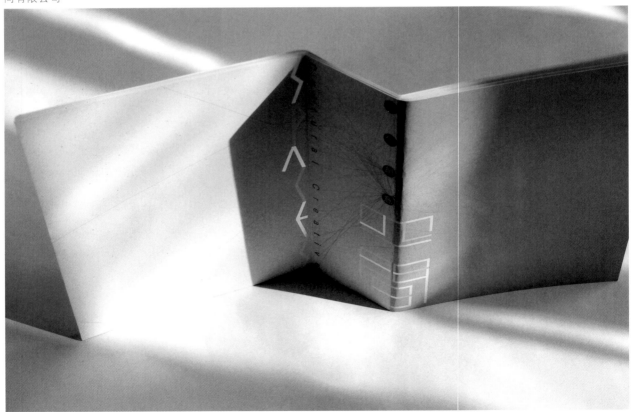

图 5-12 文化创意空间 国际研讨会（北京） 宣传册 2006 孙鹏设计

3. 定位操作看是最简单的，但是层次、要求是最高的，产品本身就是根据市场的需求生产的。

以上各种情况归根到底都需要受众通过我们的广告，使其觉得广告中的客体能最好地满足自己的需求，是因为带来"好处"而购买它。寻找到了广告的诉求点后，在设计过程中就必须力求准确传递信息，最好能进一步与目标消费者达到情感上的共鸣，让消费者认同广告的同时对企业或商品产生好感。词不达意或含糊其辞是设计中的大忌，这样的广告只能让人看了不知所云，自然不能实现广告的目的——有效地传达商品或服务信息。

二、创意新颖

广告设计的创新性原则实质上就是个性化原则，是一个差别化设计策略的体现。通过个性化的内容与独创的表现形式和谐统一，显示出广告作品的个性与设计的独创性。广告设计的创新性原则有助于塑造鲜明的品牌个性，能让品牌从众多的竞争者中脱颖而出，能强化其知名度，鼓励消费者选择此品牌，因此，品牌个性是一个有价值的资产。

特别要提醒的是：广告主做广告的目的是增加销售额，消费者买东西是因为物质或精神上的需要，而不会是广告的创意好，广告画面精美。好的创意就是要让消费者记住你的"核心卖点"，而不是记住创意本身。因此，所有的创意都应该围绕企业、产品或项目的"卖点"进行，并为之服务。

广告设计中常用"AIDMA原则"表示消费者购买心理的全过程，1898年由美国E.S.刘易斯最先提出。其含义为：A (Attention)引起注意；I (Interest)产生兴趣；D(Desire)培养欲望；M(Memory)形成记忆；A(Action)促成行动。也就是说，在广告创作中必须有意识地贯彻引人注目，使人感兴趣，产生购买欲望，并形成记忆，最终转变为购买行动的原则，这样才能创作出最有效的广告。

创造性并不代表去做不同的东西，而是用不同的方法来做同样的东西。我们要经常提醒学生创意，创造性必须在受控制的环境下操作，必须遵守游戏规则，否则事倍功半。广告创意固然要别出心裁，但目的始终是为了说服受众，影响并且改变或加强他们对产品的态度。优秀的广告作品一定源于优秀的、不同凡响的广告创意。优秀广告创意的出发点必须是"为营销而宣传"。广告人必须及时把握某一阶段社会情感的潮流和动向，从而真正提炼出能成为广大消费者知音的优秀广告创意。

三、插图抓人

根据实际市场情况进行调查研究，利用心理学为准则，检验广告计划的正确性。在广告设计表现中运用的图形语言也必须与销售对象的心理状态，包括他们的情感与习惯统一起来。广告中策略指导与设计表现有着明显的依存关系，设计表现是为了实现广告策略达到广告目的手段，广告策略是广告设计的

图 5-13 密集与空白的对比

图 5-14 外形类似性表现

图 5-15 情感外显性表现

图 5-16 Dove（多芬）护发用品广告，给予即时保护。
Advertising Agency: Ogilvy & Mather Asia Pacific, Hong Kong
Photographer: Eric Seow, Beacon Pictures
Retoucher: Aries, Yau Digital
Executive Creative Director: Christen Monge
Creative Directors: Troy Sullivan, Annie Wong
Art Director: Kenneth Kuan
Copywriter: Bradley Wilson
Agency Producer: Brell Chen

前提和基础，制约与统领着设计表现。设计表现如果脱离了广告的整体规划，以一种纯艺术的观念来表现，一定会丧失或偏离广告目标与广告对象，成为一种主观臆断的行为，最后注定是要失败的。

广告绝大多数是视觉的艺术，要想使广告信息被消费者认可、接受、喜爱，还依赖于广告本身的视觉效果。广告的画面不仅要力求精美，具有艺术水准，使观者在享受美感的同时，欣然接受广告的劝说和引导——即插图能抓人、吸引眼球。

奥美的插图原则：

1. 普通人看一本杂志时，只阅读4幅广告。因此，要引起读者之注目，越来越困难。所以，为了使人发现优越的插图，我们必须埋头苦干。

2. 把故事性的诉求（story appeal），放进插图中。

3. 插图必须表现消费者的利益。

4. 要引起女性的注目，就要使用婴孩与女性的插图。

5. 要引起男性的注目，就要使用男性的插图（或美女）。

6. 避免历史性的插图，旧的东西，并不能替你卖东西。

7. 与其用绘画，不如用照片。使用照片的广告，更能替你卖东西。

8. 不要弄脏插图。

9. 不要去掉或切断插图的重要因素。

四、真实可信

真实性，是广告的生命和本质，是广告的灵魂，也是维护品牌信誉的保证。广告设计艺术最重要的美学特征在于"达意"，就是正确真实地表达产品本身的特征、个性，通过美表达出来产品的真实可信与质地优良。

作为一种有责任的信息传递，真实性原则始终是广告设计首要的和基本的原则。我国的《广告法》中第三条有明确规定："广告应该真实合法，符合社会主义精神文明建设的要求"；同时第四条也规定："广告不得含有虚假的内容，不得欺骗和误导消费者"。从国家立法要求广告的真实性来看，可见其重要性。

广告的真实性首先是广告宣传的内容要真实，应该与推销的产品或提供的服务相一致，必须以客观事实为依据。在广告创意中，首先强调的是宣传内容要真实，以客观事实为依据，不能弄虚作假；其次，对广告中的感性形象要建立在与商品的特性一致的基础上。广告的感性形象必须是真实的，在艺术处理时广告可以做出适当幽默的夸张，但广告所宣传的产品或服务形象应该是与商品的自身特性相一致的，不可盲目地夸大其词，随意做不合实情的欺骗。这会对企业或整个品牌造成毁灭性的伤害。最后，广告创意中表达的情感必须是真实的，以高尚审美情趣去感染消费者，唤起美好感情，最终实现广告目标。

作业：

1. 汇总分析优秀的广告文案和广告软文、口号，并作课堂讨论。

2. "假题真做"，为某品牌产品创作一套系列广告。

图 5-17 全国大学生广告艺术大赛三等奖作品　李嫄嫄设计　钱安明指导

图 5-18 全国大学生广告艺术大赛二等奖作品　杨平设计　钱安明指导

图 6-1

图 6-2 合肥晚报50年 合众智得品牌管理顾问有限公司

第六章　广告媒体

▶ 学习目标：

通过本章的学习，了解各种广告媒体的概念与内容，并能将之比较分析。

　　1. 各种媒体的基本概念的理解。

　　2. 要求学生熟悉不同媒体的特点与优势。

▶ 学习重点：

平面媒体与影像媒体的特性把握。

▶ 学习难点：

媒体比较优势对比分析与媒体组合应用。

图 6-3

　　广告依附于媒体而存在，媒体类型决定了广告的不同面貌。根据媒体的不同，广告设计可分为：印刷品设计，影视广告设计，户外广告设计，橱窗广告设计，礼品广告设计和网络广告设计等。

　　在许多国家，刊登广告是传播媒体最重要的收入来源。除了报纸、杂志和传播媒体之外，其他的广告方式包括邮购、户外广告牌和宣传海报、运输交通工具、因特网，以及促销赠品如火柴和日历等。各种媒体有各自不同的优劣势，广告主在选择刊登媒介时会依广告目标受众的喜好的同时，根据自身的广告预算、商品特点、消费人群等因素，选择合适的媒体进行广告传播。媒体发布是广告设计过程中的重要工作。在很多情况下，媒体选择是整个广告效果传达与实现的关键环节。

图 6-4 徽商银行海报 殷石

图 6-5 公交站台媒体

图 6-6 地铁媒体广告
littleredbook_dot_cn_adsforads

第一节 招贴海报

招贴（Poster），也称海报，在我国也称为宣传画，是展示于公共场所的告示，通常张贴于街道、影剧院、展览会、商业闹市区、车站、码头、机场、公园等公共场所的印刷性广告宣传形式。和其他的媒体不同，只要有街道，招贴就可以存在，它可以不受环境和地域的影响，以任何尺寸和形状出现。因此，融合在城市之中的招贴就成了城市风景的一部分。

这种近代最佳的宣传媒体，自从19世纪中法国石版印刷发达后，其作为媒体发布的功能就越发引人注目。第一次世界大战前后，各国纷纷找画家们从事海报设计的工作，自此从海报的传达效果、颜色、形、构图、文字运用（文案）也都常有精彩的表现。1950年代以后，虽然报纸、杂志、电视等等视觉媒体发达，但海报设计的生命力仍然很强，原因无他，即在于海报的生产费用极低，海报的创作自由度高，效果好。海报设计与印刷用纸的标准尺寸关系密切，所以一般都以正版或菊版全开、对开、四开等等为尺寸。近年来，电脑喷绘的广泛应用使得海报设计有大型化的倾向。

招贴就表现形式来分有：写实海报、讽刺与漫画式海报、单纯化海报、构图式海报、统计图式海报等等；就使用目的来分有：商业海报、公益海报、公共海报、政治海报、观光海报、艺术海报等等；就视觉效果而言，许多场所多会为海报的张贴而设置海报墙、海报板、海报塔，同时这些海报发布媒体也与海报本身构成都市景观的重要元素。

招贴设计需处理的内容有：既定版面上的形、色、字（意）的处理、印刷的处理、张贴的处理，所以需要平面（形、色、意）设计的能力、构思的能力、绘图的技术、传播学、符号学等知识。

招贴广告的成功不仅仅取决于创意理念的质量和它与观众的亲和力，还要取决于媒体计划和媒体购买的恰当性。有正确的空间和合适的能针对目标观众群的广告位是至关重要的。尽管很多广告公司拥有专业的媒体计划员——他们的工作是制订媒体激活策略和购买合适的媒体，但是设计师不能将自己从这些过程中脱离出去。事实上，创意团队在这一方面的及早介入是非常重要的。因为位置的选择很有可能对你的创意理念和方向发生影响。例如，如果你需要为新出品的水果饮料创造广告，那么超级市场附近、繁华街道两旁或是商场旁边都是最佳选择，因为这些都是饮料潜在客户经常出现的地方。再如，机场可以接触到那些常年旅游者和商务人士；健身俱乐部可以接触到对健康和形体重视的年轻白领。特殊场地的挑选需要场地的详细信息，因为这样可以避免忽视场地的缺陷。

1. 招贴的媒体优势

招贴可以被制作成不同的形态和尺寸，因此为创意团队提供了巨大的创作空间。

招贴可以是三维形态的，因此提供了更多的创意机会。

每天经过招贴的人群可能会反复阅读招贴所传递的信息。

在产品的销售点附近可以购买招贴的位置。

招贴是通过时间来建立品牌认知度的有效工具。

招贴的张贴时间和地点都具有灵活性，可根据需要换置。

2．招贴的媒体劣势

某些广告的张贴会遭到破坏，有的招贴会受到涂鸦的损坏。

和报纸电视等大众媒体相比，招贴很难接触到全国的观众。

有些招贴张贴点可能和其他人签有长期合同，这样限制了你的使用时段。

3．招贴设计的要点

招贴必须令人印象深刻，并且能有效地传达信息。

必须能在繁华的街道上被看见，要能从周围的环境中脱颖而出。

保持视觉图像的简练，可以考虑用单一的图形。

标题文案不宜过长，简练易记是被记住的关键。

使用清晰可读性强的字体，有助于明确无误的传达信息，除非特殊需要，切忌用过于花哨的装饰字体。

突出品牌，广告应该引申出品牌，但绝不意味着一定是超大品牌标志的使用。

图 6-7

图 6-8 cowgatete货架边缘媒体

图 6-9 公交扶手媒体

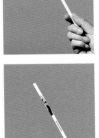

图 6-10 吸管媒体

第二节　环境媒体

对于广告业来说，环境媒体属于新兴概念。之所以称为环境媒体，是因为广告会和目标观众群每天遇到的事物出现在一起，或者直接成为这一事物的一部分。环境的概念大于户外，其媒介载体的范围很广，很多物体都可以被利用成为环境媒体，例如啤酒杯垫、提包、公共交通工具、地铁票、灯箱、垃圾箱、马路和人行道、外带饮料杯、收银条、超市购物车和烟灰缸等等。在我们看来：环境媒体小到POP（Point Of Purchase，售点广告），大到城市构筑物都是广告发布的绝佳载体。

广告从业者需要不断寻找新鲜创意的方式来传递信息。环境广告最大的优势在于它能引发观者的意外之感。它能在人们最想不到的时候传递广告信息。这种特性不仅使得这一信息很难被回避，还使得人们对于信息的印象更为深刻。在一个消费者对于硬性推销和反复出现广告充满了警觉性的时代，非常规的、原创性的媒体使用是非常有效和准确的。这些非常规媒体的使用通常可以帮助广告信息躲避开消费者警觉的雷达，从而在无意识中被消费者所接受。环境媒体广告应该将环境媒体放置在交流的中心，当然这种"放置"是以一种有计划的方式进行的。很多世界顶级品牌已经认识到了环境媒体在大型活动中所产生的作用，同时市场调查已经证明了环境媒体是目前发展最为迅速的媒体形式。当我们穿着品牌服装或是使用印有商标标志的T恤、帽子、鞋子、运动服和手提包时，我们已经成了广告信息的载体。广告公司现在已经开始利用志愿者的身体来作为广告创作的媒体了——独特的身材、奇怪的发型、胳膊、腿部都能为广告公司提供令人吃惊的广告媒体。

最早的环境广告包括那些餐饮店里的啤酒杯、车体、建筑物外墙等。虽然大多数的人认识到了这些物品的功用性，但是当时几乎没有人将它们同媒体联系起来。不过这些早期的环境媒体目前已经成了普遍使用的媒体，因此它们所引发的意外之感也就变得微弱起来。广告从业者不停地在寻找传递信息新颖和独特的方式，这种寻找引发了一些非常具有想象力和独创性的答案。例如，有一家位于南非开普敦郊区的动物拯救组织，努力说服了城中所有的一小时照相冲洗店将组织提供的狗照片插入那些等待人们来领取的照片袋中。这些狗都是组织希望人们能够领养的动物。狗的照片用与人的照片同等的尺寸印制，并在背面写上了"它们已经看起来像是你家庭的一员了！"以及留下该组织的联系方式。

如今的环境媒体不再是只提供固定画面的简单样式了，各种新技术都被加了进来。如城市十字路口随处可见的"与大楼试比高"的巨幅显示屏。甚至出租车内都装上了互动小电视。

图 6-11 楼宇外墙媒体littleredbook_dot_cn_midea

图 6-12 轮船媒体_Mondo_Pasta

图 6-13 银铅笔-媒介创新奖-户外类 NIKE "墙" 篇

图 6-14 面包车媒体广告 littleredbook_dot_cn_dhl

图 6-15 公车广告 宋杰琴提供

图 6-16 连环画式产品广告

第三节　报纸与杂志

广告很早即与纸媒介联姻。报纸与杂志作为传统的大众媒体是与人们生活紧密相连的——读者可以坐在家中或在公共汽车上悠闲地阅读报纸和杂志，而不是仅在路上匆匆地看一眼招贴广告。

17世纪伦敦的周报开始刊登广告，到18世纪，报刊广告已相当繁荣。19世纪美国率先出现广告代理商，代理的是报纸广告。到20世纪初，代理商开始自己制作广告包括版样和艺术设计。多数广告是用于促销商品，但这种方式也常用于提醒人们公共安全，赞助各种慈善事业，或投票支持政党候选人等。

报纸广告的优点是：可以与不同的社会阶层进行交流，因此能够帮助广告公司有效地接触不同类型的群体；报纸时效性强、更新快，商家可以快捷方便地将广告信息迅速传递出去；另外，报纸广告的刊登费用相对较低，而且版位灵活，可以是整版、半版、通栏、半通栏、竖栏、报头、中缝等等。缺点是印刷效果一般，特别是色彩的质量；生命周期很短，常常被边读边扔。

杂志广告的优点是：内容涵盖面大——从足球、电脑到时尚，甚至那些如同航模和集邮一类冷僻的爱好等，广告公司可以接触到各个不同的群体，而且有利于形成固定的受众群；杂志的印刷效果比较理想，可以用来传递品牌高质量的信息；杂志也允许非常规页面的出现，如普通折页和大张折页，产品的免费样品也可直接粘贴在页面上。

目前，国内的报纸和杂志广告普遍创意不够新颖，大都侧重于用文字传达广告信息的传统创作模式，将强有力的标题和需要补充说明的视觉图像结合在一起来吸引观众的注意力，并将观众引导至广告语的正文。在这方面国外有些案例可以值得借鉴。如，利用新闻中的元素来创作和品牌有关的广告；或将广告放置在报纸或杂志中有趣的位置上。

图 6-17

第四节 电视和电影

互联网作为新媒体的崛起并没有撼动电视作为最强势的mass media（大众媒体）的地位，迄今为止，电视影像仍然被广告商公认为是最强有力的和最具有说服力的媒体工具。电视和电影广告是在电视、电影开始之前或之后插播的广告。

优点是：和其他静态广告不同，电视和电影广告通过动作、特效、对话、音乐和画外音的结合，提供了一个利用30或40秒的短片来讲述品牌或产品故事的机会；电视、电影广告可以通过其超大的覆盖率来打造大品牌；电视和电影广告可以展示真实的人、场景，目标观众群可以把场景中的日常生活片段与自身的生活联系起来；此外，数字电视中的不同类型的频道允许广告商接触到专业客户群。

缺点是：电视、电影广告制作和时段购买的成本非常贵，整个制作过程，从概念的形成到最后播放是一个极其缓慢的过程，普通的真人电视广告需要3个月的时间。另外，还有些产品并不能制作电视广告，如烟草等。

目前，在电视和电影广告中使用动画技术是广告界中非常流行的手法。品牌卡通形象的使用不但帮助了产品销售，同时还营造了一种温馨的情感，从而与顾客建立起了一种长期性的关系。此外，即便是真人拍摄的电视、电影广告，你也可以发现动画的影子——场景、品牌标志、广告语或配角。

图 6-19

图 6-20

图 6-18 MTV国际音乐电视网推出首个以年青人为对象的全球性多媒体关注气候变化运动-MTV SWITCH，这则MTV SWITCH的公益广告告诉我们，我们的星球正在失去耐心。
Advertising Agency: Ogilvy, Vienna, Austria
Creative Directors: Ivo Kobald, Alexander Rudan
Art Director: Christian Bircher
Copywriters: Marco Kalchbrenner, Markus Zbonek
Published: March 2009

图 6-21

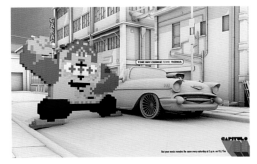

图 6-22 时间可以改变一些东西，但是每周六下午
5点Capitulo VII音乐广播电台带给你的音乐永远不
会改变。
Advertising Agency: Grupo Novel, Santo Domingo,
Dominican Republic
Creative Director / Art Director: R. Mu?oz
Illustrators: R. Mu?oz, E. Bido
Published: December 2008

第五节　广播广告

　　尽管我们的习惯说法仍然是"广电"，但广播作为非视觉化交流的传统媒体，其影响力已远不能与电视相提并论了。广播网只能为全国性广告主和区域性广告主提供简单的管理，电台的纯成本效益较低。广播网的缺点包括：无法灵活选择联播电台、广播网名单上的电台数量有限以及订购广告时间所需的预备期较长。

　　目前，电台广播的收听率和其他媒体相比是比较低的，但有些产品或品牌仍需要通过广播媒体来让信息传达到特定的受众群，如的士司机及私家车主、有听广播习惯的老年群体、边吃早餐边听广播的上班族等。广播广告通常包括以下传播方式：

　　1.　联播（chain broadcasting）

　　广告主可以订购某一全国性广播网联播电台的时间，同时向全国市场传播自己的信息。即在某一特定时间内，许多电台或电视台转播某一共同节目（broadcast over a national radio network）。

　　2.　点播（spot radio）

　　点播广播在市场选择、电台选择、播出时效选择、文案选择上为全国性广告主提供了更大的灵活性，点播可以迅速播出广告——有些电台的预备周期可以短至20分钟，并且广告主可以借助电台的地方特色快速赢得当地听众的认可。电台代理公司，如凯兹电台（Katz Radio），向全国广告主和广告公司代理销售一批电台的点播广告时间。

　　3.　地方时间（local time）

　　地方时间指地方性广告主或广告公司购买的电台点播广告时间，其购买程序与购买全国性点播时间一样。地方广告的播出既可以采用直播方式，也可以采用录播方式。大多数电台采用录播节目与直播新闻报道相结合的方式，同样，几乎所有广播广告都采用预录方式，以求降低成本，保证播出质量。

第六节 直邮广告

邮购广告简称DM（Direct Mail），即通过邮政系统传递的广告。大部分的消费者将直邮广告看做是垃圾邮件，并且很多广告从业者也有同样的想法。虽然直邮广告的反响如此负面，有些广告公司和客户仍愿意选择继续使用这一方式，原因是这一方式被证明是有效的。虽然它的效果明显比不上电视广告的效用，但是它可以为特定的受众群量体裁衣，可以准确地反映出有多少客户回馈了直邮广告，并且反映出其中有多少转换成了实际的消费。尽管目前大多数直邮广告都没有很好地确定目标受众群，但是那些高度个人化并且有着创意性包装的直邮广告还是会受到接收者的欢迎。

图 6-24

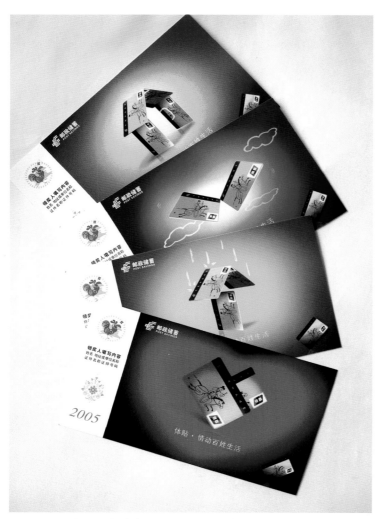

图 6-23 DM 贺卡设计 合众智得品牌管理顾问有限公司

图 6-25 WWF(世界自然基金会)公益广告，这些被浸泡的信封告诉我们，到2050年世界上有许多城市都可能被水淹没。
Advertising Agency: Euro RSCG 4D, Warsaw, Poland
Creative Director: Jacek Szulecki
Art Director: Rafal Michalek-Czerepak
Copywriter: Anna Krolewicz
Photographer: Jacek Wolowski
Published: October 2008

图 6-26 圣诞礼物在Ebay应有尽有。
Advertising Agency: BETC EURO RSCG,
Paris, France
Art Director: Hughes Pinguet
Photographer: Gregoire Alexandre
Art Buyers: Isabelle Mocq, Stephanie
Giordano
Published: December 2008

第七节　网络广告

这是借助互联网而发布的广告类型，在国内属于新兴广告媒体。作为其他媒体的并行媒体形式或补充媒体形式，网络广告目前已越来越被重视，在营销传播的整合中属于非常重要的一部分。近年来，网络广告的设计更具有创意性，创作者使用了更多的在线电影和动画来帮助和观众之间的互动交流。网络广告对于帮助那些小公司在特定市场上发布快捷和廉价的广告是非常有效的。不过这类广告的展示寿命是非常短暂的，创作者必须及时地、定期地更换这些广告。

网络广告是广告的一种，广告是advertising，电视广告称commercial，网络广告一般被称之为Net AD(Internet Advertising)或Web AD。

网络广告广告媒体就是网络，这既是指因特网(Internet)，也是指万维网(World Wide Web)。Internet在1993年以前主要是一种基于文本的媒体，没有GUI图形用户界面。1993年World Wide Web出现以后，Internet发生了巨大变化，Web的多媒体特性大大刺激了Internet上的商业兴趣和商业行为，从此，多媒体Web成为最流行的Internet工具。

网络广告具有的优势是：具有互动性，可以与观众产生一种超乎寻常的直接互动；它是能够接触到相对年轻、具有一定科技素养的目标观众群体的最佳媒体；可以每天24小时运行；受欢迎的网络活动的传播速度和传播范围是令人吃惊的，这是因为观众可以将自己喜欢的这些内容再转发传播给自己的朋友，这也是所谓的"病毒"式效应。

营销业经常采用"one to one"的概念，对广告而言也是一样，简单讲来，能够针对个别人去做广告，是广告活动的极限。互联网上高速运转的服务器在不断地研究用户的信息，让计算机程序去进行这样的逻辑运算并不难。

传统广告媒体采取的是线性记录信息的方法，文档内的信息以线性顺序移动，信息量一大，就只有增加篇幅。但篇幅一长，吸引力就下降，众所周知，广告受众最缺乏耐性，他们谁也不肯忍受滔滔不绝的自吹自擂。唯有Web广告可以不遵循这种信息结构，它可以依仗非线性结构，将大量内容放进一个一个短小的、有吸引力的网页上来，在实现大信息量的同时，保证页面的精美设计。应该说大信息量一直是所有广告媒体的追求，但为了同时保持广告的可读性和吸引力、感染力，传统媒体大多放弃了对信息量的追求，最典型的就是电视媒体了，它几乎是靠牺牲信息量，才换取了吸引力和感染力。

上述特点使得Internet和Web不同于其他的广告媒体，促使网上广告发布者更富创造力地使用网络，把它当作另一种全新的宣传渠道。

缺点是：网络广告仍然属于新兴事物，还没有被完全开发，而且它无法到达那些没有网络或不会使用电脑的人群，如老年人。此外，个人电脑屏幕兼容特性、网速的有限性和低质量的电脑像素都对网络广告的设计和字体形式产生了挑战。

第八节　媒体比较优势

　　广告媒体是用来进行广告活动的物质技术手段，是沟通广告者与消费者的信息桥梁。不同的广告媒体有不同的适应性和心理效果。广告选择媒体的目的，在于获得更大更好的效益实现广告的预期目的。

　　电视广告要充分发挥其视听兼备的特点，突出其直观形象性的活动画面的诉求效果，精心设计表达广告主题的画面，尤其是给人印象深刻的中心画面，配以简练的广告语言，才有利于记忆，发挥联想作用。

　　广播广告是诉诸人们听觉的，要充分发挥其听觉的诉求作用，具备简明、易听、生动、有力等心理要素。与电视广告相比，广播从时段和制作成本上相对便宜；广播广告不但可以在区域内播放，也可以在全国范围内播放。本地广播电台的播放可以帮助区域性广告更有目标地接触自己的观众群；广播时段可以根据目标听众群的不同来分时段购买，例如"开车时段"、"早间时段"。

图 6-27 MTV 中文网 中国红 很浓郁的中国特色 Advertising Agency: Zhangqing Design: Beijing China, Published: July 2008

Table V Attention to advertising	Mean[a]	SD	Urban	Rural	F-value	Boys	Girls	F-value	6-7	8-9	10-11	12-13	F-value
TV commercials	3.0	1.2	2.9	3.1	13.8**	3.1	3.0	1.0	3.1	3.0	3.1	2.9	2.7*
Newspaper ads	1.9	1.4	2.2	1.6	104.5***	1.9	1.9	0.0	1.7	1.6	2.2	2.1	23.1**
Ads on vehicles	1.9	1.4	2.4	1.4	291.2***	1.9	1.8	3.1	1.9	1.5	2.1	2.0	15.9**
Magazine ads	1.7	1.4	2.1	1.3	177.5***	1.7	1.6	1.4	1.3	1.4	1.9	1.9	21.9**
Billboard ads	1.6	1.4	1.9	1.4	90.8***	1.7	1.5	12.1**	1.5	1.3	1.9	1.8	25.5**
Radio commercials	1.5	1.2	1.7	1.4	16.7**	1.6	1.5	1.8	1.5	1.4	1.7	1.6	6.5**

Notes: * $p < 0.05$, ** $p < 0.001$; [a] Measured on a five-point scale (1 = never watched, 5 = watched almost every time)

图 6-28 媒体基本比较数据

图 6-29 MyM&M's 网上个性化订购

报纸广告的广告文案是传达信息的最基本构成部分，可用以详细介绍商品或劳务的特点，但为了吸引人的注意，还必须充分发挥其图文并茂的作用。

户外广告为保证其远距离的诉求效果，必须意念明确、语言简洁、造型别致，才能在短暂的视线接触中给人留下深刻印象。

杂志广告要充分发挥印刷精美的感染力，给人以美的感受，发挥其独特的诉求力。

为发挥各种媒体的广告优势，设计发布通常采用整合营销传播的方式。这在根本上要杜绝随机传播与随机投放，对传播行动在预算、传播项目选择、效果评估上进行全方位的控制。进行整合营销传播，最基本的前提就是建立起未来一个年度的整合传播预算（以下简称IMC预算），规定好未来一年企业各品类、各品牌产品在各项传播上的花费，主要设定的传播项目是：

1. 硬广告：电视+报纸+电台+公交+地铁+户外大牌+拦截式广告

2. 软广告：电视节目+报纸软文+杂志（一般采用软性投放）+网络（一般采用软性投放）

3. 公关/展会活动+产品活动

4. CSR（企业社会责任）传播

整合传播可以让各品牌经理就可以清楚地知道下一年度他所负责的品类产品，在任何一个月、一个地区的预算有多少，配合他们的销售目标，传播上会用多少种媒介、多大力度进行组合来形成传播攻势，有利于增强销售人员的信心。

单一媒介广告影响的受众对象比较固定，并且影响的方式也比较简单，不容易形成广告记忆，并且对产品的卖点理解也不清晰，不利于采用不同的方式更巧妙地传递产品卖点，使得广告对受众的影响大打折扣，而多媒介组合传播，可以形成这样一种综合攻势：我们的目标受众看电视时可能接触、看报纸时可能接触、出外坐公交可能接触、坐地铁可能接触、路边看广告牌可能接触……，通过不同场合不同方式的结合传播，广告的记忆效果更高，对受众认知的影响也更强。没有最佳媒体，只有最佳选择。不同媒体各有其比较优势，优势也的确是在比较中得以显现的。为此在广告创意之初就要充分重视各种媒体的不同特点，并根据其特点进行设计。

作业：

1. 思考一下同一产品的广告，因发布媒体的不同而采取不同的广告呈现方式，尝试完成该项系列设计。

2. 分组讨论广告媒体的比较优势

图 6-30 楼宇立面品牌广告 杨平 摄影

图 6-32 Bros杀蚊剂平面广告，用简单的线条勾勒出的创意

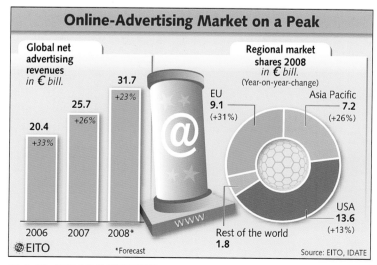

图 6-31 网络广告份额逐年增长

图 6-33

图 6-34 高档酒广告需不拘一格

图 6-35 酒杯指代不同消费者

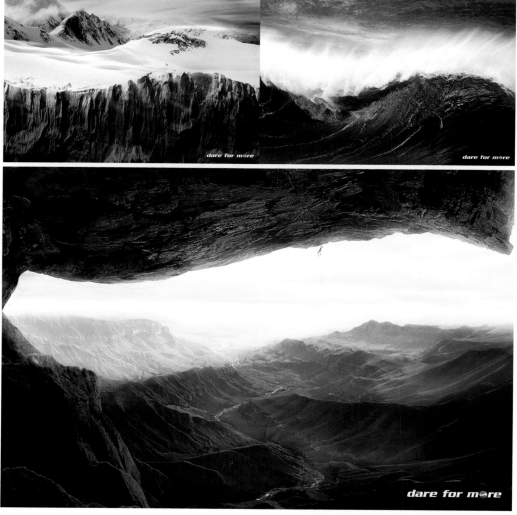

图 6-36 著名品牌的形象唤起系列广告

图 6-37 品牌形象
系列广告

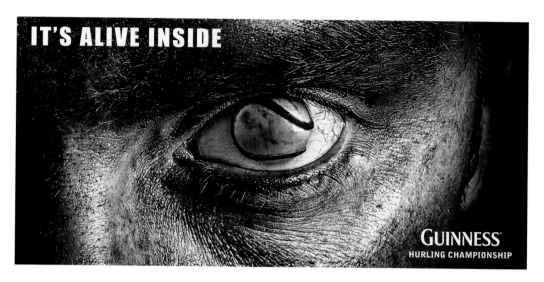

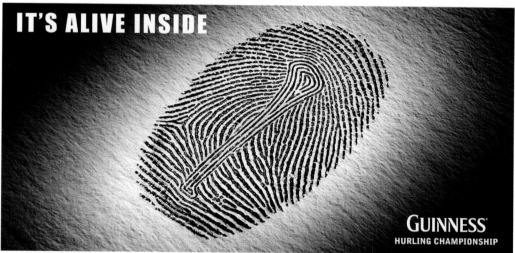

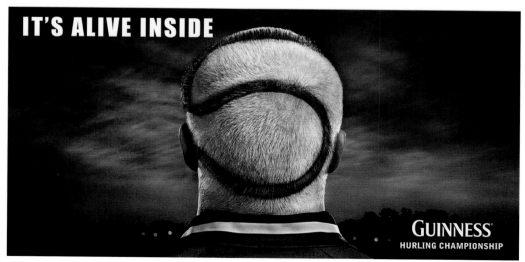

图 6-38 活动推广系列广告

结语：课程之外学广告

　　我们认为应该是有着业界实务经验的广告人来写教材是最合适的，把现实中最为生动、典型、前沿的案例带进本书是最受学生欢迎的。事实上我们也的确多方寻找一线设计师参编本书，可事实却出乎我们的意料：整天面对电脑的"设计师"对于广告的运作流程一无所知，或者说他们太忙了，忙着完稿，忙着接手新任务——根本无暇去了解这个项目是怎么来的，又是怎么完工的；而策划主管（或广告公司老板本人）工作重心根本就不在策划创意本身，调研过程中，我们被反复教育：对公司来说最重要的是要拿到案子，至于完成什么样倒在其次……

　　如果说我们接触的小广告公司居多而得出错误的结论的话，在与几位4A老总闲聊中，我们再次惊讶：外资、合资或国企大广告公司其业务因具特殊背景或具垄断性，不担心有没有单子，不担心生存压力。广告实务工作基本上外包，所谓的"大"公司可能连设计师都没有。

　　对比上述两段话，一个很清楚却又很奇怪的问题产生了：谁在做广告？广告要创意吗？

　　我们无法做出解答，但基本上弄懂了一个事实：广告是商业，不是艺术！

　　那么广告有没有必要做得很艺术呢？也是要的。因为只有用艺术包装过的产品才是"高、贵"的产品。艺术设计专业的学生学习广告设计是一定要补上市场营销课程的，否则学习过程一定会偏离实际轨道的。教学过程中要系统理解"大广告"的含义，即并不是老师、学生都不去钻研广告创意、设计表现而都去研究市场、做宏观策划。我们在此所想提醒的是：清楚自己的位置和职责或许反而能更好地做好设计。

　　很欣赏一句广告词："做广告人，做专业事"。正如"龙之媒"广告书店，店面远比其在业界里的名气要小，具体到访时也会发现还是比我们想象的要小得多。不过翻翻架上的大大小小的书和杂志，却又不得不感慨其广告专业书籍之多之全，比起数层大楼的综合性书城来看，有过之而无不及。

　　与中国经济高速发展同步，中国的广告事业发展也非常迅猛。广告业务的细分化程度已相当高，对于新入行的青年设计师而言，笔者的建议是很保守的：做专业事，不要什么都会；对于雄心勃勃有志于开广告公司自己当老板的新势力（毕业生），笔者的建议是谨慎的：量"财"力而行，不要贪大求全。不要上来就空谈第一、打败谁、挑战谁……

　　对刚开始接触广告设计的同学予以一点建议：初学者不妨"多看多模仿"。"多看"是要多看国内外优秀的广告创意，在看的同时留心分析和总结它们的创意策略、创意思路、表现方法、制作技法等。只有通过多看多学习，才能逐渐领会优秀的创意是什么？"多模仿"就是在看和领悟的过程中尝试着动脑动手自己设计，模仿不是照抄，而是在总结方法和思路的基础上举一反三。例如，根据某幅作品中的"诉求点"进行延伸思考，想想除此之外还能有什么好的创意。只有这样反复地看和思考，才能将书本上的方法理论融会贯通，活学活用。

　　作为高校教材，我们写作的基点还在于让学生对广告设计有一个简明而完整的认识，以本书为起点，广泛阅读、细致分析。个人综合能力的提升不是一朝一夕就能完成的，"不积跬步，无以至千里；不积小流，无以成江海。"愿大家在课程内外不断学习、不断提高。

参考文献

陈培爱. 中外广告史. 北京：中国物价出版社，2001

王受之. 世界平面设计史. 北京：中国青年出版社，2002

王受之. 美国插图史. 北京：中国青年出版社，2002

潘公凯. 视觉传达设计. 杭州：中国美术学院出版社，2000

朱国勤. 现代招贴艺术史. 上海：上海书店出版社，2000

邬烈炎. 设计要素点击.南京：江苏美术出版社，2003

靳埭强. 中国平面设计(1-4)册. 上海：上海文艺出版社，2001

陆小彪，钱安明. 设计思维.合肥：合肥工业大学出版社，2006.5

杨裕富. 创意思境：视觉传达设计方法.台北：田园城市，1997

[英]约翰·沙克拉. 设计——现代主义之后. 卢杰，朱国勤译. 上海：上海人民美术出版社，1995

[美]威廉·阿伦斯. 当代广告学（第8版）. 北京：人民邮电出版社，2006.6

[美]威廉·阿伦斯，大卫·夏尔菲. 阿伦斯广告学. 丁俊杰，程坪，沈乐译. 北京：中国人民大学出版社，2008.11